KB260252

샛별서정시집

엄마를 부탁해요

박지은 지음

삶의 기쁨은 찬란합니다. 그리고 삶의 진실은 황홀합니다. 그대와 나는 이를 깨닫기까지 얼마나 많은 외로움과 괴로움을 이겨내야 했습니까. 우리는 우리의 인생을 꽃이 활짝 핀 따스한 봄날처럼 가꾸어 나가리라 다짐하고 꿈꿨습니다 그리하여 우리 삶의 길이 상상조차 할 수 없었던 행복을 가져다주고 또한 그 행복이 영원하다면 얼마나 기쁜 일이겠습니까. 그대와 나의 영혼 위에 뜨는 아름다운 별은 바로 우리가 발견하여 가꾼 우리의 마음밭입니다. 이것은 우리의 운명입니다. 그 운명의 끝자락에서 세상을 초월한 더없는 기쁨과 황홀을 얻을 수 있었습니다. 그대와 나의 가슴은 꺼지지 않는 열정으로 터질 듯 가득했지요. 이제 우리들 순수의 그리움 시절로 돌아가 이삭 주운 이 시들을 어머니께 드립니다.   샛별박지은

샛별서정시집

엄마를 부탁해요

차례

별바라기 꽃

눈이 내리네

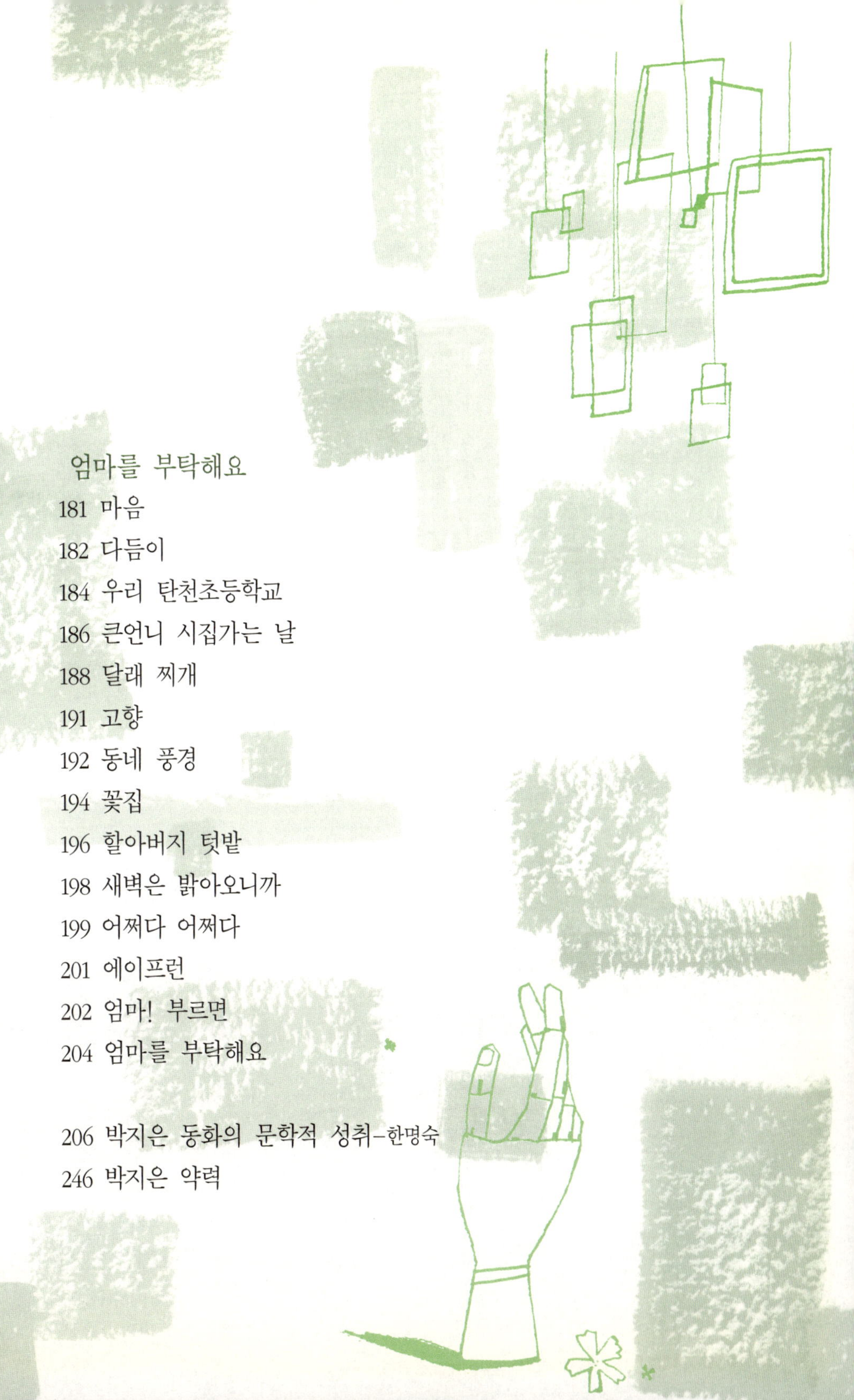

하나의 나뭇잎이 흔들릴 때

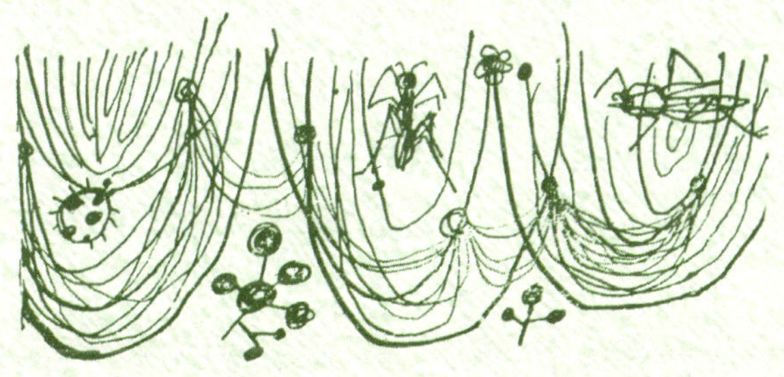

나무

하나의 나뭇잎이 흔들릴 때 나는 생각한다
나무의 마음처럼 사랑스런 노래를

나무들 수런수런 주고받는 초록의 언어
나뭇가지 고개짓 소곤소곤 나뭇잎의 노래

봄에 빛나고 여름에 무성하지만
가을이 오면 더 맑은 황금빛

바람이 불고 낙엽이 지지만
나무는 그것을 느끼지 못한다

나무 안으로 힘찬
생명의 웃음소리 차오르기에

너의 발치엔 너른 그늘
너의 머리엔 푸른 바람

하늘 보며 언제나
무성한 두 팔 벌려 기도한다

봄 여름 화려한 초록 머리에
멧비둘기 둥지 틀어주고

가을 겨울 황금빛 머리에
파란 열매 빨간 열매 장식한다

푸른 하늘 이고 사는 나무는
우리 드높은 꿈의 지붕

하나의 나뭇잎이 흔들릴 때 나는 생각한다
나무의 마음처럼 사랑스런 노래를

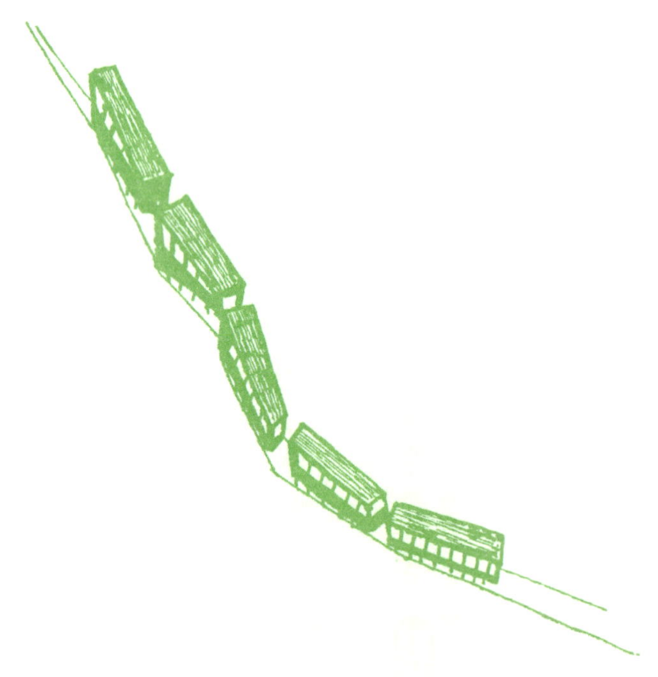

이 세상에

나비가 우아해 보이는 건
벌이 사랑스러워 보이는 건
이슬이 요염하게 빛나는 건
달이 따스해 보이는 건

그곳에 꽃이 피어 있기 때문
자연의 조화여
신비여 생명이여
뜨락 한 가운데 핀 꽃이여

생명이란

생명이란
나 하나만으로 오롯이 이루어질 수 없는 것
마치 꽃처럼
암꽃과 수꽃이 있어도 소용없고
꿀벌과 바람이 찾아와
그 둘을 이어 주어야 하지
생명이란
모자란 부분이 있어
거기에 남을 받아들여 채워야 하는 것
세계는 아마도
남들이 모두 모여 이루어진 것이겠지
하지만 서로 의지하여 모자람을 채운다는 것을
우리는 알지 못하고
배우지 못하고
그저 흩어져 살고 있네

우리 사이는
서로를 무시할 수 있는 사이
때로는 서로를 싫어할 수도 있는 사이
왜 세상 사람들은 모래알처럼 흩어져 있는 걸까

피어 있는 꽃 한 송이
그 곁에 다가와 있는
꿀벌 모습을 한 타인
햇살을 받으며 날아와 있네

나도 어느 날은
누군가의 꿀벌이었겠지
너도 어느 날은
나의 바람이었겠지

오라 나의 봄이여

하얀 모래밭에서 꾸벅꾸벅 졸고 있는 봄을 파내어
네 머리에 예쁘게 꽂으면 너는 웃음을 짓고
웃음소리는 하늘에 물결처럼 퍼져 하얗게 부서진다
고요한 바다는 풀빛 햇살을 받아 몸을 데운다

네 손이 내 손을 잡고
네가 던진 조약돌이 내 하늘로 날아오니, 아아
오늘 하늘 아래에 흐르는 꽃잎들 그림자가 아롱진다

우리의 하얀 팔에서 피어나는 새싹들
우리 시야를 중심으로
물보라를 날리며 회전하는 금빛 태양
우리는 호수요, 숲이요
나뭇잎 사이로 풀밭에 쏟아지는 햇살이요
햇살이 내려와 춤을 추는 네 머리칼의 언덕이다

싱그러운 바람을 받아 문이 열리고
수많은 손들이 손짓하여 초록빛 그림자와 우리를 부른다

물속에서 반짝반짝 빛나는 너의 하얀 팔
그리고 우리 속눈썹 그늘 아래
햇살을 받아 조용히 익어 가는 바다, 열매
오라 나의 봄이여

꿀벌과 하느님

꿀벌은 꽃 안에
꽃은 뜨락 안에

뜨락은 수수깡담 안에
수수깡담은 마을 안에
마을은 대한민국 안에
대한민국은 세계 안에
세계는 하느님 안에

그리고, 하느님은
아주아주 작은 벌 안에

별빛

밤하늘에 수없이 흩어져 있는 별
저 별 중에는
몇 백만 년이 걸려도
닿지 않는 별이 있겠지
그 별에서 나오는 빛은
몇 백만 년 전에 그 별에서 출발하여
인류가 태어난 뒤에도
고조선 시대에도, 삼국시대에도, 조선시대에도
내가 태어난 뒤에도 줄곧
지구를 향해 일직선으로 날아왔겠지
그런, 상상도 할 수 없는
오랜 옛날옛날의 빛을
지금, 내가 바라보고 있다
이 넓고 쓸쓸한
우주를
몇 백만 년이나 계속 날아온
오랜 옛날옛날 그 옛날의 빛……

거울

젖살이 포동포동하게 오른 아가
사지를 바동거리며 내 얼굴을 말끄러미 쳐다본다
울지도 않고 낯도 가리지 않고
반가운 인사나 하는 듯
무어라 옹알거린다
고사리 같은 손 뻗어
힘껏 내 손가락을 감아쥐고는 놓지 않는다
나는 내 존재를 감아쥐는
세상에서 가장 따스하고
순결한 힘을 느낀다
그것은 아가가 이 세상에 오기 전 머물던
저 너머의 향기
보드라운 봄의 온기가
나의 가슴에 옮겨 온다
아가야
넌 어디서 왔니
말끄러미 올려다보는
별처럼 영롱한
아가의 까만 눈망울에
내 얼굴이 비친다

책

한 권의 책 속에
산도 물도 골짜기도 바위도
소나무도 있고
지저귀는 새소리도 난다

한 권의 책 속에
한 구비 돌아들면 안개가 열리고
한 장 한 장 넘기면
봉우리가 앞을 가로막는다

한 권의 책 속에
자연의 품에 안기니 문장 아닌 것 없다
나무 하나 바위 하나 꽃 한 송이가
하나하나의 글자로 박혀 한 편의 문장을 이룬다

한 권의 책 속에
문장이 문득 끊기어 폭포가 되고
높은 산 깊은 골이 서로 밀고 당긴다
책장 덮으면 문장들이 은은히 사라진다

어째서일까요?

어째서일까요?
작은 새가
밤이 되면 조용해지는 것은

어째서일까요?
꽃봉오리가
아침마다 피어나는 것은

어째서일까요?
무슨 말을 하고 싶은 걸까요?
나뭇잎이 떠는 것은

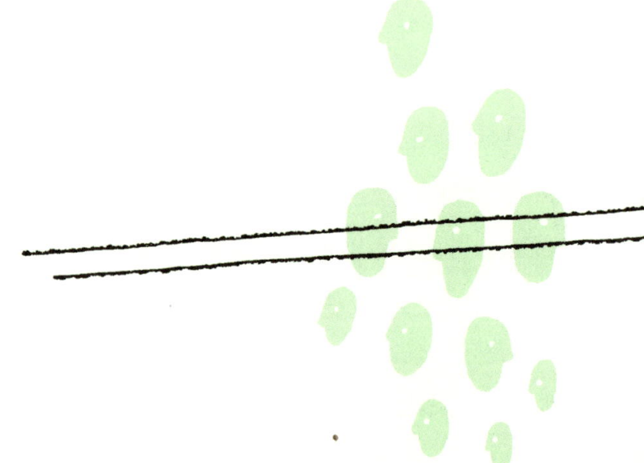

어째서일까요?
작은 시냇물이
웃고 있는 것은

어째서일까요?
아이들에게는 날마다
기쁜 일이 일어나는 것은

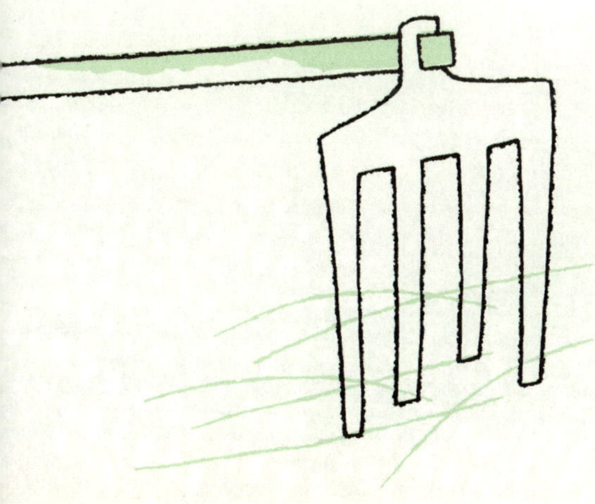

노래여!

아득히 먼 옛날 물에서
생물들이 태어난 것처럼
생물에서 꿈이 태어나고
소리에서 말이 태어나

그것이 너무 기쁨에 겨워
그것이 너무 슬픔에 겨워
어느 날 말에서
노래가 태어난 것일까

누군가 말해다오
모두가 잊어버린
첫노래에 대해
이 세상 처음에 대해

노래여!
고치를 벗은
나비처럼
눈부신 태초의 노래여!

또 하루 푸른 하늘이

또 하루 푸른 하늘이 열렸다
생각하라, 어찌 이날을 헛되이 놓쳐 보내랴
우리가 맞은 오늘은 영원에서 와서
영원으로 돌아가리라
일각이라도 먼저 본 눈은 없으나
어느 틈에 새날은 모두의 눈에게서 멀어져
저 무한한 어둠 속으로 사라지리라
또 하루 푸른 하늘이 열렸다
생각하라, 어찌 이날을 헛되이 놓쳐 보내랴

징소리

모두들 가슴 설레는 장엄한 울림
흥겹게 돌아가는 농악판 한마당
꽹과리 신나는 가락
상쇠 부쇠 종쇠의 어울림
황소울음 징소리 울려라!
웅! 웅! 웅!
천지의 진동이 가슴에 차온다
너와 나 용솟음치는 기쁨이여
서로의 눈빛에 그득한 신명
울려라 심장을!
모두들 저마다 가슴의 징을 울려라!

꽃씨

낡은 외투 호주머니 속에서
굴러 떨어진 꽃씨

지난해 받은 그대로
뿌리는 걸 깜박 잊은 꽃씨

호주머니 구석에서 일년 동안
무슨 꿈 꾸고 있었을까

잊지 않고 뿌렸으면 지금쯤
예쁘게 피었을 것을

가여워서 손바닥에
올려놓고 쓰다듬어도

까맣게 조용히
자고 있는 꽃씨

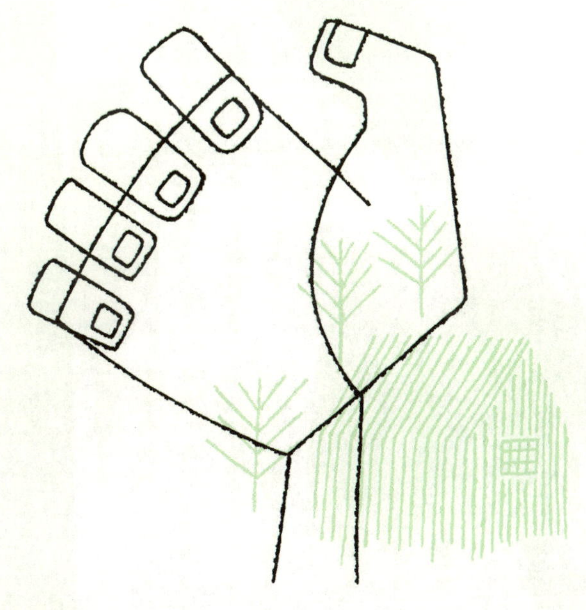

달아 달아 밝은 달아

달아 달아 밝은 달아

라라와 나

학교에서 돌아온 나의
발소리 듣고
라라가 달려온다

마구 짖고
마구 물고
마구 핥는다

나를 기다리면서
라라는 여기저기
온데에 낙서를 한 모양이다

지금도 바닥에다
"좋아해, 좋아해"
꼬리 흔들어 엉터리 글자를 쓴다

능금

내가 만일 능금으로
주렁주렁 가지에 열려 있다면

나처럼 얌전하고 착한 아이 앞에
뚜욱하고 한 개 떨어져 주지

착한 아이 기쁘게 안 해 주고
뭣 땜에 만날 가지에 달렸게

착한 아이 오면 뚜욱 떨어져
"자아 맛나게 먹어라."

착한 아이 앞으로
떼그르 굴러갈걸

장승

두 눈 툭 불거져 부리부리
요놈!
치켜 올라간 눈꼬리
요놈, 요놈!
무서운 입 벌려 호통치시네
하지만, 장승 아저씨
험상궂게 눈 부라려도
사실은 금방이라도
울 듯

익살스런 주먹코 빨갛게 얼어서
누가 길 잃으면 어쩌나 걱정으로
잠도 못 자는
마음씨 착한 아저씨
비가 오나 눈이 오나
밤이나 낮이나
길안내 해 주지요

달아 달아 밝은 달아

달아 달아
얼마나 고독한 걸음으로
얼마나 창백한 얼굴로
가만가만 오르는가
하늘의 등불이여
나의 얼굴이 되고
나의 슬픔이 되라
달아 달아 밝은 달아

병아리의 새로운 세상

조금만 더
힘내는 거야
힘내라, 나
나에 대해 내가 가장 잘 알잖아
껍데기 속에 있는 건 이제 싫어
움직일 수 없어 답답하고 더워
아빠
엄마
오빠
언니
어떤 얼굴일까
빨리 만나고 싶어
하지만 나에게는
먼저 해야 할 일이 있어
자, 힘내는 거야
영차!

빨강 주머니

새들의 노래를 넣어 둘
빨강 주머니가 어디 없을까?

들꽃의 대화를 담아 둘
파랑 주머니가 어디 없을까?

만약 있다면 저녁놀
쓸쓸한 하늘을 향해 열어봐야지

그러면 저물어가는 하늘 아래
사랑스러운 속삭임이
무지개처럼 피어오르겠지

졸졸졸

시냇물이 혼자 졸졸졸
춤 추며 간다
산골짜기 바위 틈으로

시냇물이 혼자 졸졸졸
웃으며 간다
험한 산길 꽃길 사이로

즐거운 그 소리 졸졸졸
물 마시러 나온 다람쥐 토끼와
안녕! 안녕! 안녕!

아기 다람쥐

눈을 뜨니
여느 때 아침과 왠지 다르다
무슨 일일까?
여느 때보다
꼬리가 풍성해져서 그런가
몸의 줄무늬가
더욱 선명해져서 그런가
그리고 여느 때보다
괜히 누군가를 만나고 싶어서 그런가

나는 빼꼼
밖을 내다보았다

나귀

달랑달랑
나귀 귀를 쫑긋거리며
동백나무 울타리를 지나가지요

아주아주
제 멋으로
점잔 피더라

쫄랑쫄랑
강아지
마구 덤벼도

옆눈 한 번
안 보고 귀를 쫑긋쫑긋
지나가지요

얼룩소

우리집 얼룩이는
아주 착해요

언제나 내가
이러이러하며는

커다란 두 눈
끔벅끔벅하면서

알았다 알았어
일어일어나지요

해바라기

우리집 마당 해바라기
해님따라 씽긋벙긋
나보고도 씽긋벙긋

학교 가는 우릴
울 너머로
멀리 멀리 바래주지요

다람쥐야 다람쥐야

부끄럼쟁이 아기다람쥐도
가끔은 대담할 때가 있습니다

가지에서 가지로
건너뛸 때
꼬리를 활짝 펼치고
"여엉차!" 소리칩니다

그러고는 다시
부끄럼쟁이로 돌아갑니다

별바라기 꽃

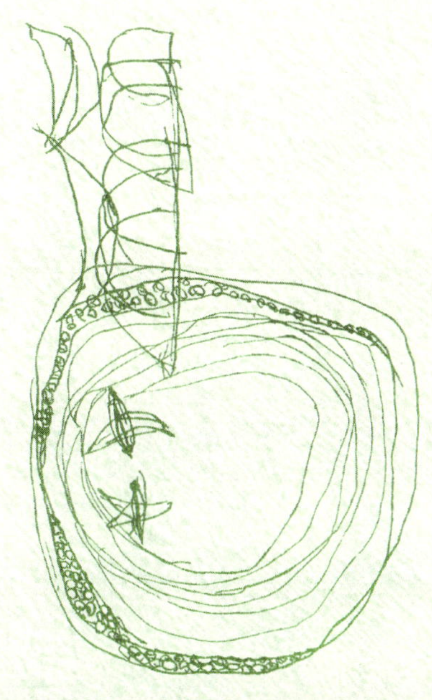

엄마의 어깨

엄마를 부탁해요

엄마 엄마 어깨 두드려 드릴까요?
톡탁 톡탁 톡톡톡

엄마 엄마 흰머리가 있네요
톡탁 톡탁 톡톡톡

햇살이 가득한 툇마루
톡탁 톡탁 톡톡톡

웃고 있는 새빨간 장미
톡탁 톡탁 톡톡톡

엄마 엄마 그렇게 좋아요?
톡탁 톡탁 톡톡톡

비

하늘에서 내리는 비는
숲 위에 들판에 내리는 비
하늘에서 내리는 비는
골목에 지붕에 가로등에 내리는 비

하늘에서 내리는 비에
거리도 신호등도 젖네
하늘에서 내리는 비에
봉숭아꽃도 나팔꽃도 젖네

온 세상 봄비에 젖어 환한데
엄마 손 잡고 나선
저 아가만은 젖지 않네

그건 엄마가 아가에게
두둥실 꽃잠 같은
모자를 씌워주었기 때문

자장가

자장 자장
자장 자장

깨어나 울기 시작하면
어쩔 줄 몰라
이내
　자장 자장
　자장 자장

세상의 온갖 자장가

그러면서도
잠들고 나면

뺨을 꼬집고 싶어진다
발바닥 간질이고 싶어진다

꼭 닫힌
입술과 눈꺼풀
바라보면서
  아가야, 이제
  그만 일어나면 안 될까?

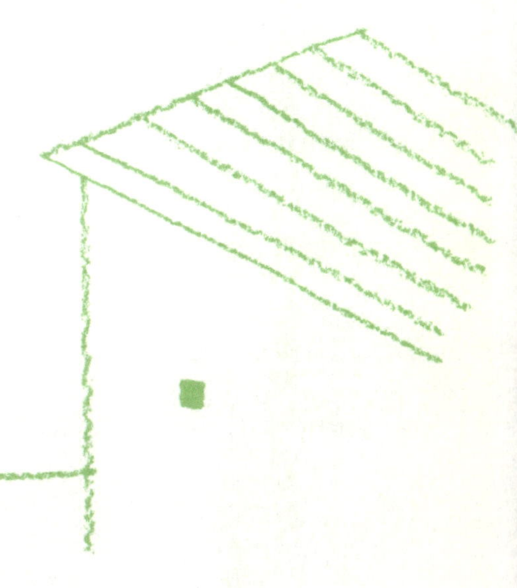

언니의 책상보

작은언니가
공들여 만든 책상보
주렁주렁 포도가
열렸어요

그만 내가 장난치다가
잉크를 엎지르고 말았어요

쏟아져버린 잉크들은
어흥! 호랑이가
야옹! 고양이가
성난 언니 얼굴이 되었어요

나의 꿈

커서 무엇이 되고 싶니?
어른들은 묻는다
좋은 사람 되고 싶어요
예쁜 엄마 되고 싶어요

조금 화난 얼굴 붉히며
고개를 갸우뚱거리며
어른들은 또 묻는다
더 큰 꿈이 있지 않니?

부자가 아니라도 좋아
유명하지 않아도 좋아
좋은 사람 되는 게
가장 커다란 나의 꿈

왜 그리 생각했을까
하지만 정말 그리 생각했어
가없는 파란 하늘
날갯짓하는 새들 바라보면서

거위 아가

자장자장, 자장자장
비가 오니까 자장자장
우리 속 거위도 자장자장

자장자장, 자장자장
거위 아가 잠 깨면
작은 이파리 하나 따 주지

자장자장, 자장자장
우리 아가 깨어나면
빠알간 해님을 줄게

자장자장, 자장자장
장맛비도 그만 자려무나
착한 아기 잠들었다

진달래꽃

달래 달래 진달래
달빛에 흐드러져
산과 들 마을에도
보이는 꽃마다
안개인가 구름인가

달래 달래 진달래
아침 이슬 머금은
연분홍 꽃잎
우리 예쁜 아가
꿈속에도 피었네

우리 아기 아장아장

노래하듯 즐거워라
우리 아기 아장아장

하늘처럼
맑은 눈으로
엄마 눈 마주보며
우리 아기 아장아장

한 아름 풀내음
햇살도 찾아와 함께 놉니다
우리 아기 아장아장

까만 눈동자
별 같은 영롱함
우리 아기 아장아장

꽃잎

오랫동안 어둠 속에 있던
아기는 눈을 감은 채
밝은 창 쪽만 바라보고 있다

─밝은 것이 신기해

조그만 눈꺼풀
안에서는
소리없이

빛의 꽃잎이
춤추고 춤추고 춤추고

별바라기 꽃

꽃밭도 뜰도 아닌
학교 가는 오솔길
별바라기 꽃이 피었습니다
나비가 옵니다
꿀벌도 옵니다
어여쁘다며 날아옵니다

거센 바람이 불어옵니다
나비는 어디론가 달아났습니다
꿀벌도 어디론가 달아났습니다
가녀린 잎새 떠는 별바라기
아이가 달려와
대나무막대를 세웠습니다

바람 불어도
비에 젖어도
나는 씨앗으로 남을 거야
아가, 봉오리야!
이겨내야 해
견뎌내야 해

햇살이 따스합니다
아기 봉오리 터지며
별바라기 꽃이 피었습니다
나비가 날아옵니다
꿀벌도 날아옵니다
아이들이 모여듭니다

달

노을이 지면
보리밭 고랑 멀리

아기종달새 울음소리
너무 귀여워
눈 초롱
귀 쫑긋

가만가만
등불 걸지요

바다와 태양

바다는 낮에도 자고 밤에도 자네
우르릉 우르릉 쏴아! 코를 골면서 자네

옛날 옛날 아주 먼 옛날
바다가 처음으로 입을 벌리고

웃었을 때 태양은
눈을 크게 뜨고 놀랐다네

예쁜 꽃과 사람들을
바다가 삼켜 버릴까봐

따뜻하게 빛나는 태양은
마법을 걸어 바다를 잠재웠네

바다는 낮에도 자고 밤에도 자네
우르릉 우르릉 쏴아! 코를 골면서 자네

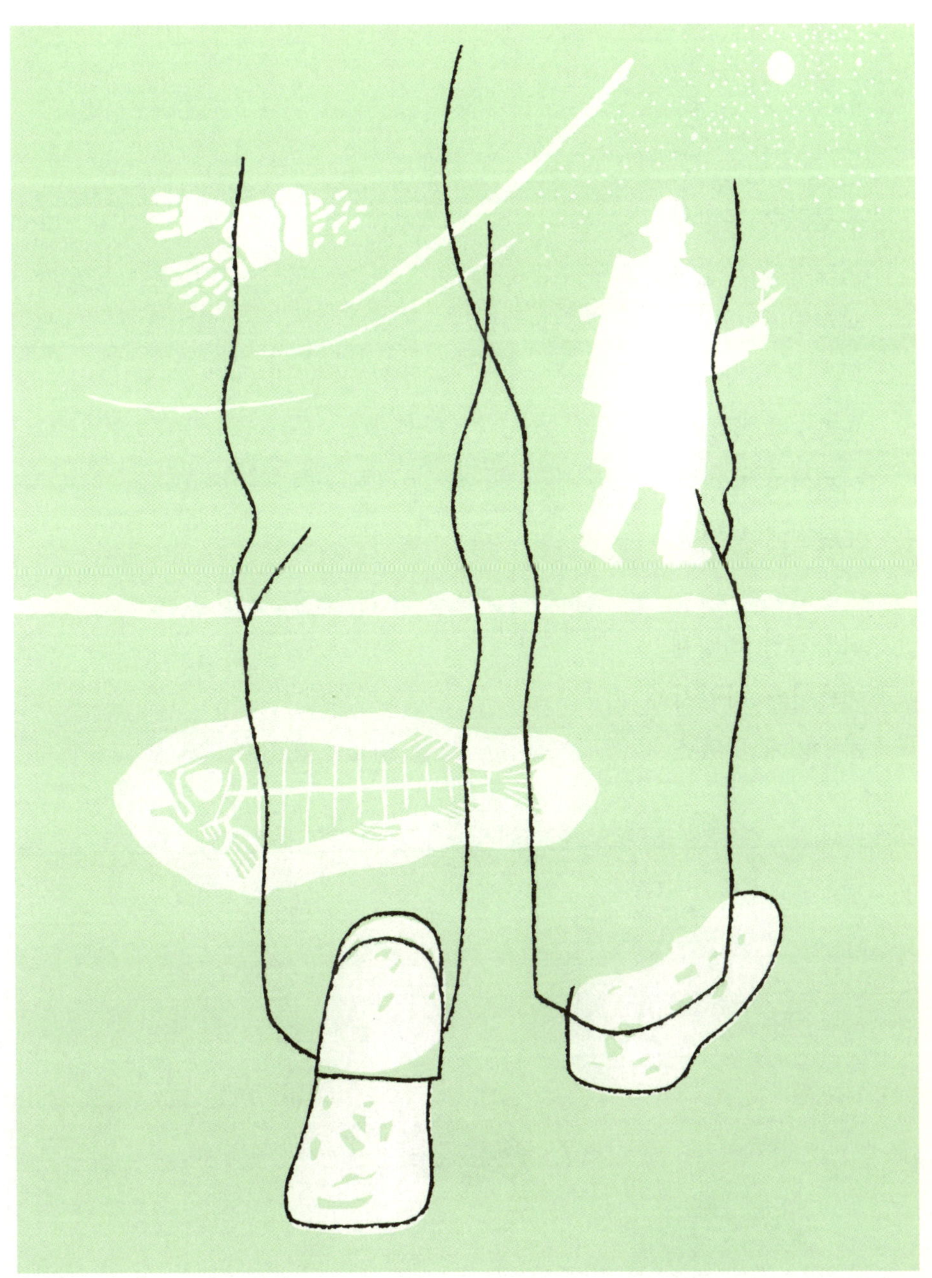

새

파랑파랑 파랑새
어째어째 파랗지
파랑열매 먹었죠

노랑노랑 노랑새
어째어째 노랗지
노랑열매 먹었죠

하양하양 하양새
어째어째 하얗지
하양열매 먹었죠

빨강빨강 빨강새
어째어째 빨갛지
빨강열매 먹었죠

까망까망 까망새
어째어째 까맣지
까망열매 먹었죠

강 건너 숲으로

봄날

깍깍깍! 까치가 우는구나
좋은 날씨네요
꾸벅꾸벅 꾸벅꾸벅
자꾸자꾸 졸립다!

윗눈꺼풀은 뜰락말락
아랫눈꺼풀은 그냥 그대로
꾸벅꾸벅 꾸벅꾸벅
자꾸자꾸 졸립다!

오라 오라

봄이여 오라
어서 오라
아장아장 우리 아기
빨간 꽃고무신 신고
밖에 나가려 기다리고 있단다

봄이여 오라
어서 오라
우리 집 앞 복숭아나무
꽃봉오리 터질듯 부풀어
어서 피고 싶어 기다리고 있단다

시냇물

봄 시냇물
재잘재잘
즐겁게 노래한다

향기 좋고 빛깔 곱게
피어라 피어라 속삭이듯
봄 시냇물 재잘재잘 즐겁게 흐른다

오늘도 햇빛 속에 헤엄치네
놀자 놀자 속삭이듯이
봄 시냇물 재잘재잘 즐겁게 흐른다

노래 잘 하는 아이들아
한 목소리로 작은 강 노래를 노래하렴
봄 시냇물 재잘재잘 즐겁게 흐른다

강 건너 숲으로

종달이 하늘에 노래하고
시냇물 졸졸졸 노래한다
푸른 희망의 사월은 왔다

노란빛 개나리꽃 봄소식 오고
울 뒤엔 살구꽃이 한창 피어나고
설레는 마음 길을 걷자

고목나무도 파릇파릇 피어나고
산비둘기 숲에서 구구구
숲으로 가자 산으로 가자

숲이 술렁술렁

숲이 술렁술렁
누군가 있어요?
숲이 술렁술렁
가 보자!
숲이 술렁술렁
누군가 있다!
숲이 술렁술렁
누구일까?
숲이 술렁술렁
누구세요?

이슬

누구에게도 말하지 말아야 해

아침 뜨락 한구석에서
꽃이 또르르 눈물 흘린 것을

어쩌다 소문이 퍼져
꿀벌 귀에 들어가면

나쁜 짓이라도 한 것처럼
꿀을 돌려주러 올지 모르니까

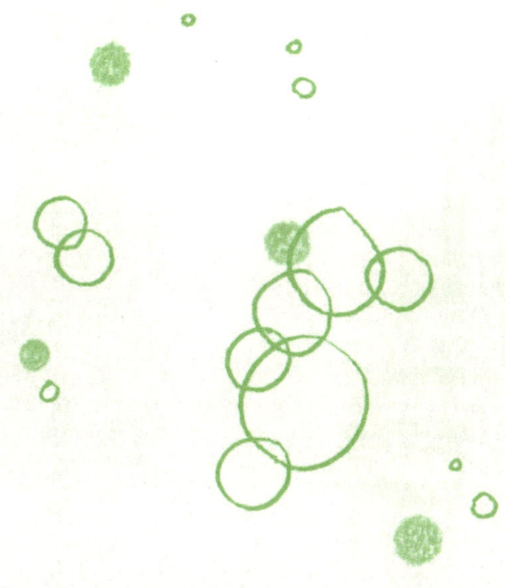

풀밭

이슬 내린 풀밭
맨발로 가만가만 걸으면
발이 파릇파릇 물들겠지
풀 향기도 향긋 스며들겠지

풀이 될 때까지
걸어서 가만가만 가면
내 얼굴은 어여쁜
꽃이 되어, 피어나겠지

해와 나

외할머니 따라가는
새벽 논두렁

송학리 앞산 봉우리 위로
빨강 불덩이 떠오르네

빨갛다, 둥글다
눈이 부셔라

해야 솟아라
더 크게 솟아라

해가 웃는다
나도 웃는다

그 고운 햇살은
그 맑은 햇살은

나의 깃발
나의 희망

피어라 피어라 속삭이듯이

시냇물 졸졸 흘러가네
물가의 제비꽃과 자운영에게
향기로운 냄새 아름다운 빛깔로
피어라 피어라 속삭이듯이

시냇물 졸졸 흘러가네
새우와 송사리, 새끼붕어야
오늘도 햇볕에 나와
나하고 놀자 놀자 속삭이듯이

시냇물 졸졸 흘러가네
목소리 예쁜 개구쟁이 아이들
소리 맞춰 시냇물 노래
불러다오 불러다오 속삭이듯이

보리야 보리야

어젯밤 비만 해도
보리에는 무던하다
그만 갤 것이지
어이 이리 굳어 오노
봄비는 찰지다는데
질어 어이 왔니

비맞은 나뭇가지
새엄이 뾰쪽뾰쪽
잔디 속잎이
파릇파릇 윤이 난다
너도 비를 맞아서
정이 치나 자랐네

고추

바람이 흔들고 가서
심통이 났나

햇님이 간질여서
부끄럼이 났나

아무도 찾아오지 않는
조용한 마당

새빨개진 얼굴로
고개 숙이고

화단 곁에 곤히 잠든
애꿎은 누렁이만 타박하네

꽃을 따다

봄날에는
꽃을 따다
개나리
진달래
살구꽃
뜰에서
들에서
산에서
꽃을 따다
노랑꽃
빨강꽃
보라꽃
나도 꽃을 따지만
내가 따는 꽃은
고개 숙인 꽃
울고 있는 꽃
들에서도
산에서도
찾을 수 없는
울금꽃
파란 꽃

봄이 와도
밖으로 나가지 않고
내가 그린
그림 속
내가 만드는
노래 속
거기서 따네
혼자 따네
울금꽃
파란 꽃

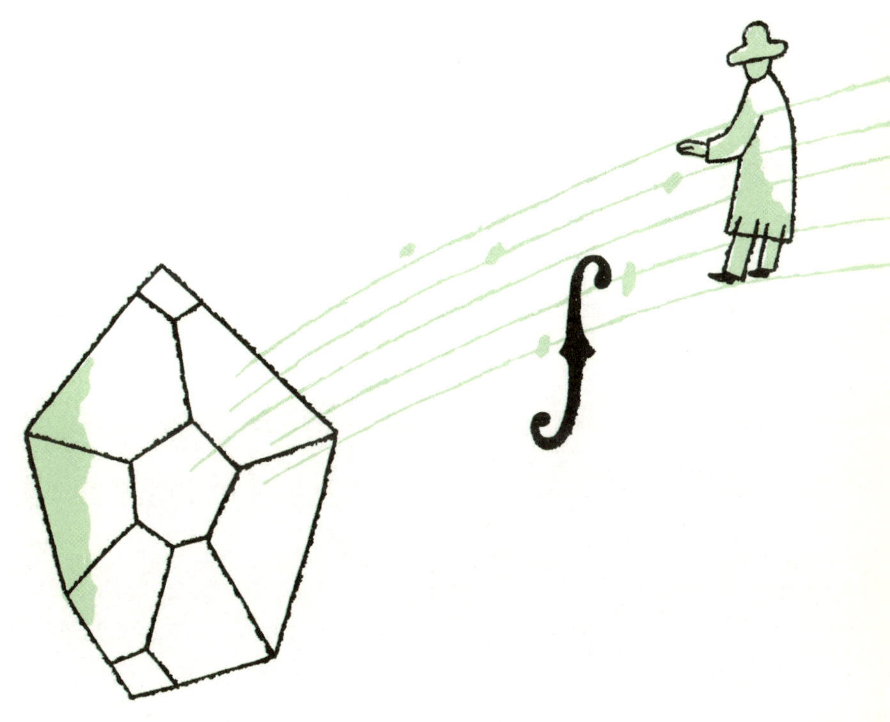

가을에는 편지를 쓰세요

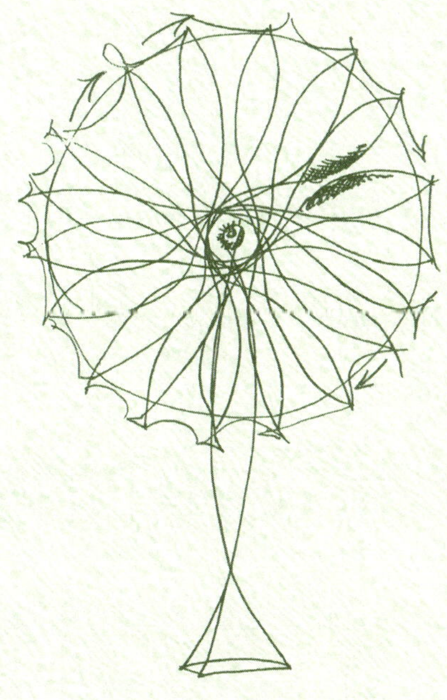

가을 아침

오늘 아침 창 밑의
나뭇잎들
옹기종기 옹크리고
모여 앉아서
어제 저녁 바람은
대단했다고
소곤소곤
어젯밤 이슬 젖은 귀뚜라미
재채기하는 소리 들었다며
소곤소곤
조용한 아침
잠든 아가
머리맡에
들려오지요

메아리

파도 소리 시원해서
벌써 가을이라고
모래밭을 걸었다

뒤에서
사내아이하고 엄마가
얘기하는 목소리가 들려왔다

"이 바다에 고래가 있어요?"
"아주 아주 먼 곳에 있지."

"고래는 어떤 목소리로 울어요?"
"달님 부르는 가을 산처럼 울지."

나는 문득 걸음을 멈추고
귀 기울인다

바다 밑 산맥에서
들리는 것만 같아서
메아리치고 있는 고래의 목소리

들국화

가다가 주춤 머물러
물끄러미 바래나니

산뜻한 너의 맵시
그도 맘에 들지만

널 보면 생각하는 이 있어
못견디어 이런단다

가을에는 편지를 쓰세요

산에서 마을로 보내온 편지는
"감나무, 밤나무, 가을 열매 영글고
직박구리, 개똥지빠귀, 지저귀는
산속은 지금 축제 한 마당"

마을에서 산으로 보내온 편지는
"강남제비 모두 날아가고,
버드나무 이파리 죄다 떨어지고,
춥고 외로운 쓸쓸한 가을"

엄마 없는 아기 아기 없는 엄마

엄마 없는 아기가 있다면
아기 없는 엄마가 있다면
한 집에서 정답고 즐겁게
엄마아기 살게 해 주세요

하얀 박꽃

하늘의 샛별이
하얀 박꽃에게
"쓸쓸하지 않니?"
물었어요

하늘의 샛별에게
하얀 박꽃은
"쓸쓸하지 않아요"
말했어요

하늘의 샛별은
아무 말 없이
새초롬 반짝반짝
뽐을 냅니다

왠지 쓸쓸해진
하얀 박꽃은
초가지붕 아래를
가만 보기만 하네요

새벽

동창에 은은히 밝아 오는 새벽빛
하얀 한지 위에 희끄무레한 여명이
수탉의 홰치는 소리에 밝아 올 때
창문에 어리는 고요한 빛을
내 마음에 담을 줄 안다

새벽

창호

새벽 푸르름이 물들어오는 창호
학교 늦겠다 어서 일어나자

오후 햇살이 부서지는 창호
산수숙제 어서 끝내자

저녁 별빛이 아롱이는 창호
내일 공부 위해 어서 꿈나라도

초가집

산 밑에
조그만
초가집 문에

문구멍이
송 송
뚫어져 있네

산 밑에
조그만
초가집에는

조무래기
형제들이
사는가 보다.

세상에 모든

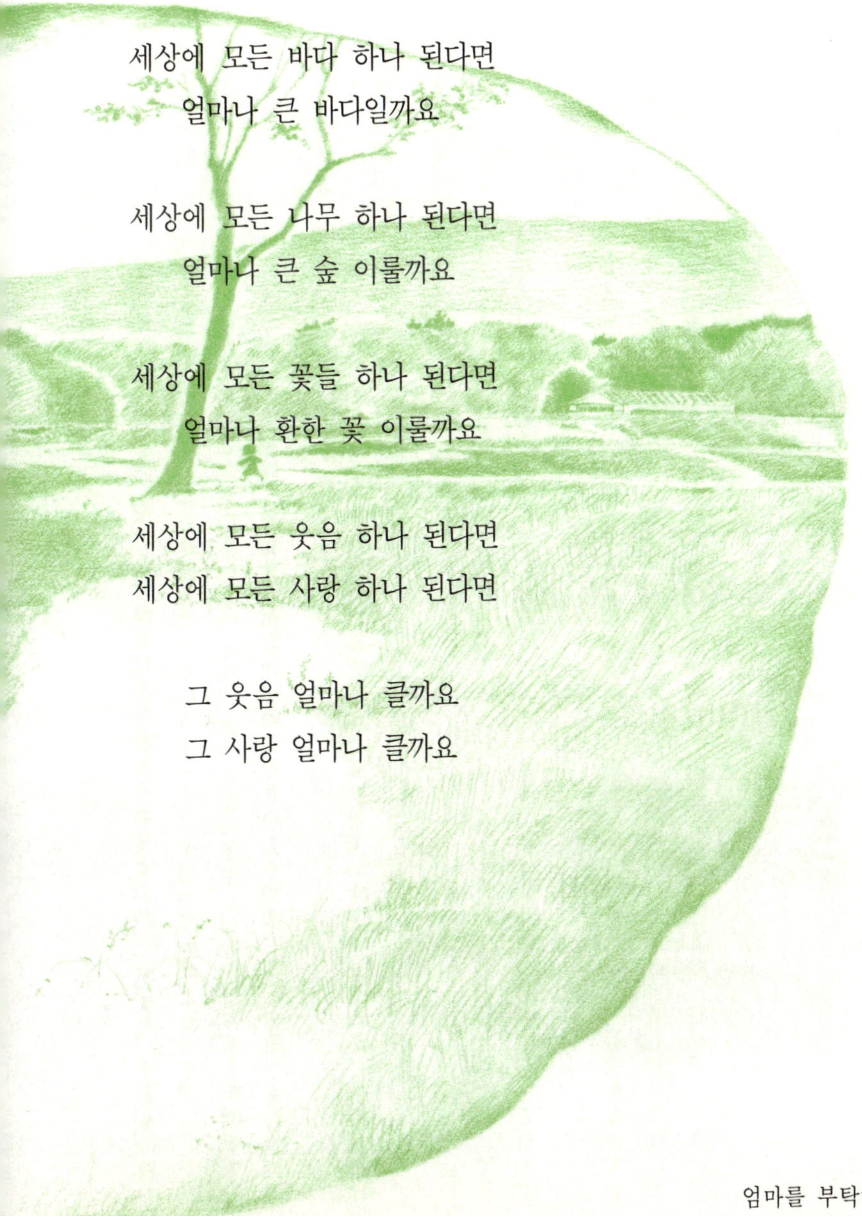

세상에 모든 바다 하나 된다면
　　얼마나 큰 바다일까요

세상에 모든 나무 하나 된다면
　　얼마나 큰 숲 이룰까요

세상에 모든 꽃들 하나 된다면
　　얼마나 환한 꽃 이룰까요

세상에 모든 웃음 하나 된다면
세상에 모든 사랑 하나 된다면

　　그 웃음 얼마나 클까요
　　그 사랑 얼마나 클까요

달밤

순이가 달아나면
긴 담장 위로
달님이 따라오고

분이가 달아나면
긴 담장 밑으로
달님이 따라가고

달밤

하늘에 달이야 하나인데……

순이는 달님을 데리고
집으로 가고

분이도 달님을 데리고
집으로 가고

오후의 운동장

아이들 놀다간
빈 운동장

포플러 높이높이
하늘에 비질하고

소나기 후다닥
지나간 자리

눈부신 무지개
몽실몽실 핀 구름

고추잠자리
빙빙 뱅뱅

울타리 하얀 장미
송이송이 빛난다

코스모스

수업 끝나고
운동장에 나오니

맑고 푸른 하늘
분홍 코스모스

깊고 푸른 하늘
노랑 포플러

보리피리

동산에서 들려오는
보리피리 필 닐리리
기웃기웃 날 저물어
누가 부는 피리인가

동산에서 들려오는
보리피리 필 닐리리
샛별은 떠오는데
조금은 쓸쓸하다

동산에서 들려오는
보리피리 필 닐리리
잊어버린 꿈 아른아른
멀기만 하여라

동산에서 들려오는
보리피리 필 닐리리
구름 흘러가고 새들 날아가고
저녁놀 하늘에 울려 퍼져라

표주박

초가지붕 하얀 박덩이
앞산 위에 하얀 달덩이

초가지붕 아래 우리 엄마
작은 언니 하얀 머리쪽

초가지붕 둥근 꿈 예쁜 표주박 되어
옥수수 감자 고구마 담아낸다

단풍잎

빨간 단풍나무가
울 안에 찼다
세수소리에
떨어진 잎사귀는
물을 머금고 더 빨개진다

마치 큰언니 시집 갈 때의
입술같이도

나룻배

나룻배가 강나루를 떠났습니다
아기 업은 엄마가 탔습니다

저녁 연기 솔솔 강 건너 마을
저녁 밥이 늦었다고 근심합니다

노를 잡은 뱃사공 빨리빨리
나룻배는 물결타고 잘도 갑니다

눈이 내리네

눈을 밟아라

와, 눈, 첫눈이다
첫눈이 펑펑 내린다
보람이와 아람이는
왜 가만히 있니
  밖에 나가 눈을 밟아라, 밟아라

모두들 옷을 잘 챙겨 입고
두 팔을 벌려라
옳지, 그렇게 하면 돼
모두들 함께
  오빠를 따라 달리자, 달리자

움츠리지 마, 추워하지 마
미끄러지면 춤을 춰
넘어지면 웃어
눈 위에 난 길에서
재미있지 않니
오늘 아침 첫발자국은
  우리의 발자국

연

살을 에는 추위 속에서도
신이 난 아이들
앙상한 겨울나무 숲으로 불어오는 바람 속
아이들 눈빛은 빛났고
가슴은 미지의 꿈으로 가득 찼다
추위와 바람도 아랑곳없다
아이들 가슴은 눈 시리게 깨끗하고
푸른 하늘을 마음껏 달리며
한 타래 실끈으로 우주를 가늠한다

외롭고 서러운 날에도
언덕에 올라 연을 날리면
가슴은 씻은 듯 시원했다
금방 끊어질 듯한 실들이
바람에 팽팽해지며
하늘로 오르는 연
아이들 마음도 두둥실
연이 되어 새가 되어
하늘을 난다

뽀드득 뽀드둑

밤새 내린 눈
학교 가는 아침길

뽀드둑 뽀드둑
뽀드둑 뽀드둑

발짝 소리가 가만가만
내 뒤를 쫓아온다

아이와 바람

바람이 창을 넘어 들어와
아이가 보는 그림책을 얼른 얼른 넘겼습니다
"애, 애, 그만 보고 나가 놀자."
아이는 바람을 따라 밖으로 나가
온종일 연을 날리고 놀았습니다
이튿날도 바람은 찾아왔습니다
이 날은, 창이 꼭 닫혀 있었습니다
붕붕붕, 문풍지를 올려도, 아무도 열어 주지 않았습니다
바람은, 뒤꼍으로 해, 앞마당으로
마루 위로 올라갔습니다
"으응, 미닫이도 닫았네."
마침 미닫이에 조그만 문구멍이 하나
바람은 그리로 눈을 대고 봅니다
"에그, 이 바람 봐……"
엄마는, 얼른 문구멍을 틀어막았습니다
콜록 콜록, 아이 기침소리
"아하, 어저께 감기가 들었구나."

옛날 옛날에

눈보라치는 겨울 저녁
장에 간 아버지 기다리는
질화로에 뚝배기 보글보글

눈보라치는 겨울 저녁
공주 학교 간 큰언니 기다리는
질화로에 고구마 달콤달콤

눈보라치는 겨울 저녁
엄마의 곶감과 호랑이 얘기
질화로에 밤톨 탈라 얼른 꺼내

눈 오는 밤에

눈나라 아이들
귀 쫑긋쫑긋
눈 초롱초롱

초가집 지붕 위엔
사르락 사르락
우리들 마음엔
톡톡톡 톡톡톡

날려라 흰눈이여
하늘나라 꽃동산은
하얀 꽃만 피어나요

똑똑똑
애들아 잘 시간이다
바람이 창문을 부드럽게
두드립니다

별

하늘에 별 하나
땅 위에 하나

하늘에 별이 반짝
땅 위에 내 눈이 반짝

별하고 나하고
나하고 별하고
서로 눈짓하는 밤

아, 하늘에 별이 없으면
얼마나 이 밤은 어두울까

겨울밤

처마 밑에
시래기 다래미
바삭바삭
추워요

길바닥에
말똥 동그래미
달랑달랑
얼어요
눈 오는 밤

큰 눈 작은 눈 내리는 밤은
어머니 홀로 앉아
바느질하는 밤

등잔불이 깜박깜박 졸 제면
어머니 그림자는
작았다 컸―다.

헤지고 째어진 누더기 옷이
꿰어매도 꿰어매도
끝이 없는 밤

큰 눈 작은 눈 눈 오는 밤은
뚫어진 들창이
혼자 우는 밤
혼자 자는 아가

혼자 자는 아가는
벼개를 안고
혼자 자는 아가는
눈물이 났네

하양까망이 빚어낸 세상

　알록달록한 세상은 잊자. 새하얀 눈의 축복이 천지를 감싸고 있는 이 때. 자연이 펼쳐놓은 신비 앞에서 우리는 다만 침묵하고 침묵할 뿐. 자연은 끊임없이 세상을 빚는다. 서두르는 법도 지치는 법도 없이. 순수하고 활기찬 아이처럼, 신중한 늙은이처럼, 무심한 듯 유희하듯 노닐며 붓을 놀리는 괴짜 화가. 우주 변두리의 이 지구라는 별에서 짓고 풀어지는 헤아릴 수 없이 많은 형상들, 우리의 망막 위로 흘러가는 신비의 붓질이여.

　하양까망이 빚어낸 세상, 모든 색채가 마침내 다다르는 그것. 가장 단순하고도 가장 복잡한 색채. 눈가루 흩날리는 흑백의 세상은 온갖 색채의 추억과 전설을 품고 있다. 순백의 바람에 실려 오는 그 존재의 웅성거림이여. 그것은 이제 빛과 그림자가 이루는 영원한 형상의 메아리. 찬란한 무한의 음악. 알록달록한 세상은 잊고 흑백의 벌판을 향해 귀 기울여 보라. 지금 이 시간, 하얗게 내리는 눈은 우리의 침묵하는 영혼 위로 쌓이나니……

배불뚝 아저씨 눈사람

지은이를 잠재우고 지은이네 지붕 위에 눈이 쌓인다. 고산이를 잠
재우고 고산이네 지붕 위에 눈이 쌓인다. 송학마을 소리 없이 내리
는 눈은, 하얀 솜털같이 따스한 눈은 탄천 들녘 수수깡밭을 휩싸
안았다. 들판 위에 길 위에 지붕 위에 송이송이 눈송이 끝없이 나
부끼며 내린다. 소리 한 점 없다. 넓고 포근한 눈밭 위에 고양이 가
벼운 발자국. 고요 속에 문득 내쉬는 입김이 안개처럼 하얗게 떴다
사라지면, 아, 우리들의 추운 겨울이 성큼 다가온 것이다. 해님이
번쩍 뜨면, 털옷이 껄끄럽지 않으면, 바람 소리 지나가면, 팽이가 빙
빙 돌면, 썰매의 녹이 벗어지면, 어서 어서 밖으로 나가자

지은이를 잠재우고 지은이네 지붕 위에 눈이 쌓인다. 고산이를 잠
재우고 고산이네 지붕 위에 눈이 쌓인다. 겨울은 이렇게 오는 것이
다. 추운 날 아이들은 자줏빛 생강처럼 발갛게 언 고사리 손을 호
호 불면서 일고여덟이 짝 되어 송학리 배불뚝 아저씨 눈사람을 만
든다. 눈사람은 아이들보다 훨씬 키가 크다. 위는 작고 아래는 큼지
막해, 마치 김장 항아리처럼 배가 불룩하다. 아이들이 옥수수 곰방
대를 입에 물리고 호두로 코를 만들고 숯으로 두 눈 달았다

아이들이 눈사람 둘레를 돈다. 송학리 배불뚝 아저씨 눈사람을 향
해 박수 치고, 고개 숙여 인사하고, 하하하 웃는다. 눈사람은 밤새
외로이 홀로 서 있다. 아침 해님이 송학리 배불뚝 아저씨 눈사람을

눈물짓게 한다

지은이를 잠재우고 지은이네 지붕 위에 눈이 쌓인다. 고산이를 잠재우고 고산이네 지붕 위에 눈이 쌓인다. 텅 빈 채소밭 하얀 햇볕이 떨어지면, 감나무 꼭대기에 까치집만이 덩그러니 남게 되면, 하얗게 눈 덮여 전신주 잉잉 울어대면, 겨울 밤바람 물결치면, 어두운 하늘에서 펄펄 함박눈 쏟아지면, 아이들은 알고 있었지. 언젠간 그에게 생명이 깃들 거라는 걸. 감초 할아버지네 굴뚝 모퉁이에서 아이들이 찾아낸 낡은 밀짚모자가 마법을 부렸는지도 몰라. 밀짚모자 씌워 주자 눈사람이 춤을 추기 시작했거든. 아, 송학리 배불뚝 아저씨 눈사람이 살아 움직였어. 껄껄껄 웃기도 하고 펄펄 뛰기도 하네. 마치 우리들처럼 말이야. 오! 커다란 흰 눈사람 달려가네. 옥수수 곰방대 입에 문 눈사람이야. 추위에 자줏빛 생강 손 호호 불며 우리가 만든 커다란 송학리 배불뚝 아저씨 눈사람 달려가네

누가 바람을 보았는가

풀꽃

닭의장풀꽃, 손에 올려놓고 들여다보면
서늘한 하늘색
꽃의 눈동자가 나를 올려본다
내 가슴의 쓸쓸함을

닭의장풀꽃, 푸른 하늘색
꽃의 눈동자에 물기 어리는 건
어두운 마음 들여다보고
나를 위해 슬퍼하는 건가

닭의장풀꽃, 한동안
손에 든 꽃을 버리지 못하네
흙으로 돌아가야 할 동무
나도 아쉽고 꽃도 아쉽다

닭의장풀꽃, 밤이 되면
진정 너는 별의 꽃
내 손가락을 가지 삼아
조용히 은(銀)의 불을 켠다

아기 고양이

고양이, 고양이, 아기고양이,
앉으면 작고 동그랗고
걸으면 날씬하고 귀여운
새하얀 아기고양이
태어난 지 두 달도 안 되어
순이네서
우리집에 온 아기고양이

아이들 모두 잠든 깊은 밤
모기에 물려가며 서재에서 홀로
묵묵히 글을 쓰고 있으면
아기 고양이여, 너도 외롭느냐
너는 내게 몸 비비며
소녀 같은 목소리로 야옹야옹

이런 때
순이는 가만히
너를 무릎 위에 올리고
얼마나 다정하게 쓰다듬어 주었을까
그래도, 아기고양이야
나는 너를 안을 새가 없구나
나는 오늘밤
원고지 열 장을 더 써야 해

밤은 더욱 깊어져
새벽 두 시
어디선가 희미하게 종소리 들려온다
무엇에 장난을 거는 건지
아기고양이 목방울이
옆방에서 울려오고 있다

달밤

나물 꽃밭에 지는 해는 옅어지네
산등성이 끝자락 안개 찾아서
봄바람 부는 아득한 하늘 보면
밤에 뜬 달 잔잔한 향기

마을 불빛도 어두워지는 숲도
밭 사이 좁은 길 따라 걷는 사람도
개구리 우는 소리도 종소리도
안개 속 아련한 달빛이 되네

금강에 내리는 비

비는 부슬부슬 백마강 물가에
녹색 띤 잿빛 비가 내리네
비는 진주인가, 새벽 안개인가
어쩌면 남몰래 흘리는 내 눈물인가
배는 빗속을 나아가네
젖은 돛 올린 당신의 배
노는 강물을 젓고
노래는 노를 젓는다
노래는 뱃사공의 마음
비는 부슬부슬 하늘은 어두컴컴
배는 나아가고 돛은 희미하네

바늘아! 바늘아!

오, 바늘이여
큰언니 떠난 가을밤
희미한 등잔 아래
관대 깃을 달다가
무심중간 자끈동 부러지니
두 동강이 났구나

오 바늘이여
정신이 아득하고
혼백이 산란하여
마음을 빻아내는 듯
머리를 깨쳐내는 듯

겨우겨우 정신 차려
만져 보고 이어 본들 무엇해요

달빛에 별빛에

창호지에
그려지는
달빛
쓸쓸한
그의 얼굴

창호지에
그려지는
별빛
쓸쓸한
나의 얼굴

달빛에 별빛에

누가 바람을 보았는가

누가누가 바람을 보았나요?
나도 너도 보지 못했지만
나뭇잎새 가만 흔들릴 때
바람은 그 사이를 지나갔지요

누가누가 바람을 보았나요?
나도 너도 보지 못했지만
나뭇가지 가만 머릴 숙일 때
바람은 그 사이를 지나갔지요

메아리

산속에서
엄마!
소리쳐 불러본다

엄마—아!
엄마—아!
엄마—아!

하나뿐인
엄마!
온 산에 가득하다

아기새

달밤의 바닷가에는
엄마 찾아 우는 아기새가
파도의 나라에서 태어난다
젖은 날개의 하얀 아기새

밤에 우는 아기새 외로움은
엄마 찾아 바다 건너서
달밤의 나라로 사라진다
은빛 날개 바다 아기새

눈물

맑은 눈동자에 눈물
핑 돌고
동글동글 떨어지는 눈물
햇빛에 비쳐 반짝 아름답지만
그 마음은
얼마나 슬픈지 딴 사람들은
모를 거야
이 마음

바람

불어라 불어라
바람이 인다
꽃을 피우기 위해

불어라 불어라
바람이 인다
노래를 부르기 위해

불어라 불어라
바람이 인다
슬픔을 보내기 위해

아기새 한 마리

아기새 한 마리가 있었습니다. 그 둥지는 나무의 맨 꼭대기 가지에 걸려 있습니다. 터럭이 아직 자라지 않아서 보송보송했습니다. 물론 멀리 날 수도 없었습니다. 날마다 둥지에서 쩍쩍거리며 어미새와 지저귀고 있습니다. 마냥 즐거운 모양입니다. 그 날 아침, 눈을 떴을 때 어미새는 벌써 먹이를 찾아 나가고 없었습니다. 아기새는 머리를 둥지 밖으로 삐죽 내밉니다. 찬란한 햇볕과 짙푸른 나무가 이룬 아름다운 세상을 보자 그 쪼끄만 머리에 새로운 욕망이 솟구쳤습니다. 아기새는 토닥토닥 깃털을 털면서 이가지 저가지로 옮겨 가며 자연을 찬미하느라 목청을 돋우었습니다. 노랫소리는 맑고 즐겁게 조화로워 하늘 널리 울려퍼지자 온 세상이 그 노래에 귀기울이는 것 같았습니다.

나무 아래로 아이들이 옹기종기 모여듭니다. 노랫소리에 모두들 고개를 쳐들어 아기새가 노래하는 소리를 날마다 듣더니만 아이들은 그만 생각이 달라졌습니다. 그 아기새를 손아귀에 넣고 싶었습니다. 그날 아기새가 나와서 노래를 준비하던 찰나, 핑— 새총알이 날아가자 아기새는 그만 핑그르르 아래로 나동그라졌습니다. 어미새가 어디선가 쏜살같이 나타났습니다. 땅에 떨어진 아기새를 물고 둥지로 올라갔습니다. 둥지 나뭇가지 틈 사이로 아기새의 피가 방울방울 떨어졌습니다. 아기새 노래는 멈췄고, 이제 아이들은 듣고 싶은 그 노래를 다시 들을 수 없었습니다

숨바꼭질

조용해졌다
술래가 되어 숫자를 세던 나는
하늘까지 솟은 바위벽에
에워싸여 버렸다

눈을 감고도 알 수 있지
까마득히 높은 벽 저 위로
날 내려다보는 하늘 푸른 눈

오래 전 어두워져가는 저녁
엄마를 잃고 울고 있던 나를
다정하게 내려다보던 그 눈

숨바꼭질

눈을 감고 있으면 들린다
아, 벌써 나에게로 나에게로
쏟아져 내리는 별빛들
바위에 스미어 소곤거리는
푸르른 속삭임
—이제 나와도 돼
  이제 나와도 돼

엄마를 부탁해요

엄마를 부탁해요

마음

창호지문에 어리는 달빛보다 맑은 고요
푸름 물든 은은한 한지 빛 새벽이면
어머니 일어나 샘터에서 물 길어온다
차갑고 맑은 물
흰 사기대접 상 위에 놓고
장독대 앞 꿇어앉아 어머니 두 손 모은다

정화수는 하늘에 바치는 물
정화수 앞에 꿇어앉으면
이런저런 근심 모두 사라진단다
백자 대접에 담긴 정화수에
비취빛 하늘 얼비친다 정화수는 어머니 마음의 샘물
서리 내린 가을 아침
풀이슬 밟아 샘터에서 길어 온
맑은 물 한 그릇에
정성 담아 하늘에 바치는
어머니 마음

다듬이 소리

달 밝은 가을밤
들려오는 엄마의 다듬이질 소리
귀뚜라미 소리와 어울려
똑딱똑딱
또닥또닥
또드락또드락

잠결에 깨어 살며시 눈 떠보면
낡았다 투정부리던 내 옷이 때깔이 난다
집집마다 울려오는 다듬이질 소리
똑딱똑딱
또닥또닥
또드락또드락

달 밝은 가을 밤
내 꿈 문지방 너머 별빛으로 빛나던 그 소리
고요한 한밤중 들려오는
귀뚜라미 소리 다듬이 소리
내 가슴을 뭉클 그리움으로 차 오는
‘똑딱똑딱’ 두 박자 ‘또닥따닥’ 네 박자 ‘또드락또드락’ 여섯 박자

우리 탄천초등학교

아무도 없는 운동장엔
고추잠자리 뱅뱅 맴돌고

창밖엔 붉은 감 매달려 있고
교실엔 아이들 책 넘기는 소리

선생님이 울리는 풍금 음악
읍내로 들녘으로 퍼져나간다

게으른 햇빛 비껴드는 복도 마루에
혼자 손들고 벌서는 아이

그 아이의 귓가에 아득히 들려오는
나락 베는 들판의 황금 물결 소리

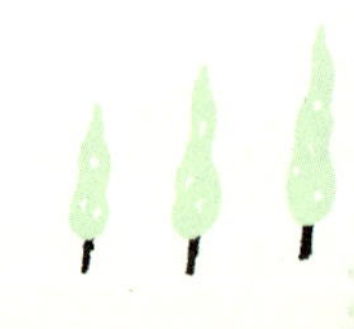

큰언니 시집가는 날

바구니 끼고 나물 캐던 처녀
손톱 봉숭아물 수줍게 감추우고
족두리 쓰고 두렵기만 하던 시절
얼레빗 참빗 얼얼한 빗질
쪽진 머리에 빛나던 햇살
엄마의 정화수 한 사발 비나이다

호롱불 아래 버선볼 받고
시루처럼 허전한 가슴 쓸어안으며
손때 묻은 반닫이 쓰다듬던
아득한 정경
큰언니 시집가는 날 아침
엄마의 정화수 한 사발 비나이다

달래 찌개

질화로에 보글보글 찌개가 끓는다.

늦게 오시는 아버지
빨리 집에 오시라고
보글보글 찌개가 끓는다

순이네 집 심부름 간 언니도
빨리 집에 오라고
질화로에 보글보글 찌개가 끓는다

우리 다섯 식구 모두 한 자리 앉아
어서 저녁밥 먹으라고
질화로에 보글보글 찌개가 끓는다.

뚝배기의 된장 찌개
뚝배기 속의 달래 찌개

고향

새파란 금강 물에
백로의 나래가 차고 희다
앞산 푸른 바람에
분분이 지는 꽃잎 더 붉어라

동네 풍경

1.

　동이 트면 부옇게 밝아오는 부엌 한구석, 두멍이란 커다란 물독에 물 쏟아 붓는 소리. 좌르르르 좌르르르. 앞마당이나 뒤꼍, 뒤란의 나무 위에는 참새들이 지지배배 짝짜그르르 한바탕 떠든다. 머리를 질끈 동여맨 어머니는 드르르륵 미닫이문을, 또는 덜푹 여닫이문을 열고 댓돌 아래로 내려와 부엌문을 열고 가마솥 뚜껑을 연다. 밤송이솔로 솥을 닦는 싸악싸악, 조리로 쌀알을 낚는 짤락짤락, 부엌 뒷문을 여는 더쿠덕, 장독대로 가는 발소리 자박자박, 더쿵 때꿍 또깍 장독 여닫는 소리, 달그락 달그락 설거지 소리, 좌르르륵 개숫물 버리는 소리, 졸졸졸 수챗물 내려가는 소리, 후두두둑 탁탁 아궁이 불타는 소리, 또깍또깍 콩콩콩콩 도마질 소리 등 부엌 소리가 끝나면 여인들의 또다른 소리가 난다.

　싸르르륵 싸르르륵은 키질 소리다. 드르르륵 드르르륵 들들들들은 맷돌질 소리이다. 쿵덕쿵덕은 절구질 소리, 도드락 딱 다드락 딱 다듬이질 소리, 스르르릉 시르르릉 윙 윙 물레질 소리, 퍽퍽 쭈구락 쭈구락 빨랫소리, 콩콩콩콩 깨소금 빻는 소리, 쌀르르락 싸르르르락은 체질 소리이다.

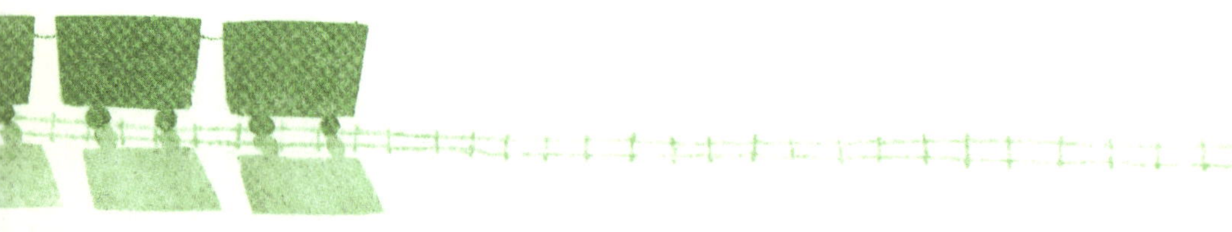

2.

 딸랑딸랑은 두부장수 소리, 지잉지잉은 굴뚝청소부의 징소리, 따르르릉은 자전거 벨소리, 절컥절컥은 엿장수 가위 소리, 솥 때워 냄비 때워, 우산 고쳐, 양은 바꿔, 칼 갈아, 어리굴젓 조개젓 사려, 달걀 사우, 무나 배추 사려, 채권 사려, 머리칼 사려, 한차례 장사꾼들이 지나고 나면 골목마다 뒤엉켜 노는 아이들 소리 정답다.

 술래잡기, 말타기, 땅뺏기, 사방치기, 자치기, 구슬치기, 오림말, 줄넘기, 공기, 고무줄놀이, 굴렁쇠돌리기, 다방구, 깡통차기. 아무것도 없어도 아이들은 조잘조잘 까르르르 잘도 논다.

3.

 멍멍, 꼬꼬댁 꼬꼬, 으매매애, 꿀꿀꿀, 냐아옹, 소가 되새김질하는 소리나 꼬랑지로 파리를 쫓는 소리, 숨을 뿜어가며 여물을 먹는 소리, 작두로 짚단을 써는 싸악뚝 소리, 별만 좌르르 쏟아지는 밤에 듣는 소쩍다 소쩍다 소리, 먼데서 들리는 개짖는 소리, 메밀묵이나 참쌀 떠억, 만주나 호야 호야 겐마이빵, 찌잉 찌잉 풀벌레 소리, 귀또르르르 귀또르르르 소리, 똘랑똘랑 처마에서 떨어지는 빗소리도, 초가지붕에 대여섯 자씩 늘어진 고드름을 따는 또깡 소리도 좋다. 짜글짜글 학교 난로 위 도시락에서 김치가 익는 소리, 파르르르 문풍지 떠는 소리, 촛불 호르락거리는 소리, 싸아아 심지를 타고 석유가 올라가는 소리, 잉잉대며 전기줄이 우는 소리, 쓰삭쓰삭 아버지 새끼 꼬는 소리, 밤을 지키는 방범들의 딱딱이 소리도 좋다

꽃집

탄천 동네 꽃집 아저씨
새벽에 꽃 팔러
산 너머 공주 시장에

탄천 동네 꽃집 아저씨
너무 쓸쓸하겠지
애써 키운 꽃들 모두 떠나 갔으니

탄천 동네 꽃집 아저씨
해지고 날 저물어
덩그러니 홀로 오막살이에

탄천 동네 꽃집 아저씨
꿈속에 빙그레 웃네
팔려 간 꽃들 행복한 얼굴들

할아버지 텃밭

할아버지 텃밭엔
무가 가득해
바람이 불어도
비에 젖어도
끄덕도 하지 않고
맛있게 맛있게 익어 가네

무 깍두기
무 장아찌
무 나물
역시
무는 맛있어

그렇지만
할아버지는 알고 계실까
내가 무보다
할아버지를
더 좋아한다는 것을

새벽은 밝아오니까

거리 청소하는 아저씨
문앞 쓰레기 봉지만큼
거뭇거뭇한 어둠을
쓸어 담아 가고
우유배달 아주머니
문앞 우유팩만큼
뭉글뭉글 어둠을
거두어 담아 가고
별빛 받아 달리는 내 자전거
세상 소식 가득 담은 신문을
집집마다 나누어 주는데
그래도 새벽은 밝아오니까

어쩌다 어쩌다

구름을 벗어났다
자작나무 끝가지에
차가운 달이 걸렸다
옥토끼는 어디로 산책 갔는지
어쩌다 어쩌다
그 사람 얼굴만
탄천 하늘에 떠 있네

에이프런

엄마가 쓰던 에이프런
새하얀 에이프런

빨강 다알리아 감싸면
빨강 물방울 스며들지

레몬 한 아름 감싸면
레몬 향기 그윽히지

보랏빛 라일락 곁에서
상냥한 엄마 목소리

엄마가 쓰던 에이프런
신기한 에이프런

엄마! 부르면

엄마 부르면 마음에 뜨거움 몰려온다
엄마 부르면 마음에 전류가 몰려온다

엄마는 부여에서 탄천으로 시집왔는데
엄마는 탄천에서 부여이듯 쓸쓸해했지

엄마 고향 부여에 가서야 알았지
엄마 마음 한편 외로이 무너져 내린

부여의 정림사지탑 같은 그리움을
부여의 고란사 낙화암 같은 그리움을

엄마 부르면 마음에 뜨거움 몰려온다
엄마 부르면 마음에 전류가 몰려온다

엄마를 부탁해요

엄마의 그 많은 슬픔 그 많은 근심
고향생각은 부여 하늘 저편 흩어지고

엄마는 생각을 보살펴 키워주고
생각을 바르게 가르쳐주었어

엄마 눈은 옹달샘인가봐
가만가만 꾸짖을 때도 눈물이 반짝반짝

엄마의 가슴은 잠드는 가슴
얼굴만 묻으면 단잠이 왔지

엄마의 가슴은 꿈 나는 가슴
가슴에 안기면 꿈이 왔어

보고보고 또 보아도
자꾸 보고픈 엄마 얼굴

듣고듣고 또 들어도
다시 듣고 싶은 엄마 목소리

아아, 그리움이 샘솟는 그 얼굴
언제나 몸조심하라는 정겨운 음성

우리엄마를 사랑해주세요
엄마를 부탁해요

박지은 동화의 문학적 성취
동화의 본질 탐색 논의를 기반으로

한명숙(공주교육대학교 교수)

요약

이 논문에서는 세상에 널리 알려지지 않은 작가 박지은의 동화 세계를 살펴보았다. 박지은의 작품에는 동화가 보여줄 수 있는 다양한 동심의 세계가 나타난다. 아직은 동화의 독자적인 갈래 특성이 이론화되지 않았으나, 소설과 다른 동화만의 특성이 있어 '동화'라는 용어가 갈래 명칭으로 사용된다. 박지은의 작품에는 '동화'가 무엇인지를 잘 드러내 주는 작품 세계가 충실하게 구현되어 있다.

박지은 동화의 성취는 동화가 구현할 수 있는 네 가지 유형의 작품 세계를 고루 보여 준다는 데 있다. 그것은 사실동화, 몽환동화, 우의동화, 환상동화로 나타난다. 박지은 작가는 네 가지 유형의 동화 세계를 골고루 구현해 내면서 동심을 지닌 주체와 소통할 수 있는 동화 세계를 창조해 보였다. 아름다운 시적 표현으로 동심의 심미적 세계를 구축해 놓은 점도 박지은 동화의 성취로 꼽힌다. 또한 '동심주의'를 조명하고자 하는 작가 의식으로 새로운 동심주의 및 현실과 환상을 넘나드는 동심의 세계를 재현해 내고자 한 노력과 역사동화의 경지를 열어 보인 점 또한 박지은의 작가적 성취라 하겠다.

주요어: 동화, 동화의 본질, 자아와 세계의 통합, 동화의 유형

목차

Ⅰ. 박지은 작가의 동화

어린이 잡지 『소년』 창간호에 「해에게서 소년에게」(1908)가 발표된 지 백 년이 넘었다. 방정환, 마해송 등의 작가가 동화를 창작하고 발표하기 시작한 지도 어언 한 세기가 되어 간다. 이와 같은 역사적 기반 위에서 현재 우리 곁에는 주옥같은 동화를 쓰고, 어린이가 즐겁게 감상할 수 있는 작품을 창작하는 작가들이 아주 많아지고 있다. 바람직한 현상이다. 이런 때에 좋은 작가의 좋은 작품을 계속 발굴해 내는 작업은 우리 어린이문학의 밭을 가꾸어 나가기 위해 꼭 필요한 일이다.

박지은은 충남 공주시 탄천면 송학리에서 태어나 2007년, 『아동문예』에 「날아다니는 얼룩이」로 신인상을 수상하면서 동화작가로 등단하였다. 그 후 『카톨릭 소년』 등에 「두물머리 풀꽃밭」, 「성모님의 선물」, 「게으름뱅이 나라」를 발표하며 작품 활동을 이어 갔고, 중앙대학교 예술대학원에서 석사 학위를 받으면서 「하얀 돌멩이의 꿈」, 「게으름뱅이 나라」, 「천 마리의 종이학」, 「기차와 만파식적」을 논문의 첨부 작품으로 발표하는 등 왕성한 창작 의욕을 보였다.

동화에 대한 박지은의 관심은 비평적 관점으로까지 확장된다. 석사 학위 논문 「동심주의문학 연구」(2009)에서는 '동심주의'에 대한 편협한 인식을 비판하며, 「만년 샤쓰」, 「바위나리와 아기별」, 「꿈을 찍는 사진관」을 중심으로 작품의 동심주의를 분석해 냈다. 세 작품에 '가난한 날의 소망'과 '사랑의 판타지', '몽롱한 봄날의 환상'이 각각 나타나 있어, 이들을 동심주의의 전형을 보여 주는 작품으로 분석하기도 했다. 이는 학위 논문과 함께 발표한 자신의 작품이 보여 주는 동심주의와 환상 문학의 변주를 드러내기 위한 시도로서 의미를 지니기도 한다.

동화 작가이자 연구자로서 박지은의 노력과 업적은 아쉽게도 2011년을 기약하지 못한다. 훌륭한 동화 작가가 많지 않고, 우수한 동화가 아직 많이 나오지 않은 한국 어린이문학의 현실을 생각하면 독자적인 작품 세계를 다채롭게 구현해 내며 한국 동화의 가능성과 지평을 활짝 열어 놓은 한 작가의 타계는 안타까운 일이다. 왕성한 작품 활동으로 보여 준 작가적 역량에서 높은 작품성과 깊은 문학성을 보여줄 수 있는 작품을 창작해 낼 수 있었으리라고 보는데, 그러지 못하게 된 현실이 아쉽다.

하지만 2010년 1월에 '박지은동화상'(동서문화사)이 제정되어, 향후 가능성 있는 동화 작가의 발굴에 기여할 수 있겠다는 기대가 가능해졌다. 박지은의 동화 정신을 기릴 수 있는 상의 제정은 한국 동화의 발전과 역량 있는 동화 작가를 탄생시키는 데 기여하리라고 본다. 이런 점을 생각하면 장차 한국 동화의 가능성을 더 넓고 깊게 개척하는 일이 지금부터 해야 할 과제임을 간과할 수 없다. 따라서 이 글에서는 박지은 작가의 동화 세계를 탐색해 보고, 그가 열어 보인 동화의 가능성을 기반으로 한국 동화 발전을 전망해 보고자 한다.

박지은 동화 세계의 탐색을 위해서는 박지은 창작동화집 『사랑의 선물』(동서문화사, 2010)에 수록된 동화 39편을 분석해 본다. 『사랑의 선물』에 동화 39편과 시 22편이 수록되어 있다. 작품 중에는 습작기의 작품인 듯 보이는 것도 있고, 수준 높은 동화 세계를 보여 주는 작품도 있다. 이들을 통틀어 읽어 보면, 어떤 작품이 더 좋고, 덜 좋고를 구분하기보다 동화가 어떤 독자성을 지닌 문학 갈래이며 그 가능성을 어디까지 추구할 수 있는가를 탐색하는 연구가 더 긴요한 일이라는 점을 생각하게 된다.

이에 따라 이 글에서는 박지은 작가의 동화가 보여준 다양한 작품 세계를 분석함으로써 한 작가가 보여준 동화 세계의 독자성과 가능성을 면밀하게 탐색해 보고자 한다. 연구 대상의 특성에 맞추어 이 글은 먼저 동화 이론의 기반을 마련해 보는 논의로 시작된다. 아직 한국 동화의 이론이 본격적으로 체계화되지 않은 시점에서 동화의 본질이 무엇이며, 그 세부 유형은 어떻게 나뉠 수 있는가에 대한 논의는 아주 부족하다. 이에 대한 이론적 기반은 작가론과 작품론의 토대로서 반드시 필요하다.

동화의 본질 탐색을 기반으로 박지은 작가의 동화가 보여 준 동화 세계의 본질과 속성을 네 가지 유형의 동화 작품으로 분류하여 분석하고 평가해 보이고자 한다. 이것이 현재 본격 작가론으로서의 접근법이나 개개의 작품을 심도 있게 분석하는 작품론으로서의 접근보다 더 필요한 일이기 때문이다. 아울러 동화 세계의 본질 규명을 기반으로 삼아야 다채로운 동화 세계를 열어 보인 한 작가의 작품 세계를 조망해 볼 수 있다는 점에서 이와 같은 방법론적 접근을 지향한다.

Ⅱ. 동화의 본질과 동화 세계

1. 동화의 본질

어린이문학의 정체성이 명료하게 탐구되지 않아 동화의 본질에 대한 탐구 또한 이렇다 할 진전을 보이지 못하고 있다. 그런 가운데 최근의

몇몇 성과는 제법 눈에 띄게 어린이문학을 보는 관점의 독자성을 보여 준다. 어린이문학이 어린이 독자를 위한 문학이라는 단편적인 사고에서 벗어나 어린이문학만의 독자성을 탐구해 나가고 있는 논의에서 이와 같은 가능성이 발견된다.

> 아동문학은 단순히 아동들이 읽는 문학도 아니며, 또한 동심을 가진 성인이 읽는 문학도 아니다. 아동문학의 본질은 현대 문명의 부정적 속성을 극복하고 이데아를 인식하게 하는 통로이다. 따라서 아동문학은 사물과 의식, 세계와 자아의 통합을 시도함으로써 전 인격적인 실체를 이루는 문학인 동시에 세계의 본질을 형상화할 수 있는 문학이란 점을 전제로 논의를 전개하고자 한다.

위의 인용 글에서는 어린이문학의 본질을 꿰뚫는 통찰이 발견된다. 그것은 어린이문학이 '사물과 의식이 통합을 시도하는 세계'요 '세계와 자아의 통합을 시도하는 세계'라는 인식과, 또한 '세계의 본질을 형상화할 수 있는 문학'으로 나타난다. 이와 같은 인식은 어린이문학의 본질에 대하여 상당히 진전된 사고를 보여 준다는 점에서 의미가 크다. 또한 독자적인 관점으로 어린이문학의 독자성을 탐구해 낸 인식으로도 보인다.

일찍이 문학의 갈래 특성은 자아와 세계의 관계를 중심으로 이론화된 바 있다(조동일, 1981, 1992). 이와 같은 문학 갈래 이론에 기대어 어린이문학의 본질을 꿰뚫어 보는 위의 논의는 합당해 보인다. 문학의 이론과 어린이문학의 이론이 그대로 대응되거나 상응할 수는 없지만, 어린이문학 또한 문학이기에 그 본질과 속성이 크게 다르지 않으므로, 어린이문학의 본질 역시 자아와 세계 관계를 중심으로 탐구될 수 있다.

어린이문학 가운데 이 글에서 다루게 되는 동화는 문학의 큰 갈래인 서정, 서사, 극, 교술 갈래 가운데 서사 갈래에 속한다. 문학의 서사 갈래 중에서 설화나 소설은 모두 자아와 세계의 대결을 다룬 작품으로 나타난다. 그중 소설은 '작품 외적 자아의 개입으로 이루어지는 자아와 세계의 대결'로 이론화되었다. 소설과 동화가 같은 서사 갈래에 속하는 작품으로서 상호 유사성이 높다고 볼 때, 동화의 본질 또한 이와 같은 갈래 이론으로 탐구될 수 있다.

위의 인용에 제시된 어린이문학의 본질은 기실 동화의 본질로 이해해도 무리가 없다. 동화 역시 자아와 세계의 관계를 중심으로 이루어진 문학인데, 동화가 소설과 다르게 갖고 있는 내적 자질은 그것이 자아와 세계의 통합을 시도하는 세계라는 데 있기 때문이다. 다시 말해, 소설이 '자아와 세계의 대결'을 보여 주는 문학 갈래라면, 동화는 '자아와 세계의 통합'을 시도하려는 문학 갈래라는 뜻이다. 이때 '자아와 세계의 통합'이란 작품 내적 자아와 작품 내적 세계 사이의 조화와 화해 및 통합을 의미한다.

가령 「바위나리와 아기별」은 서로 만나지 못하게 된 바위나리와 아기별이 바다에 떨어졌지만 바다 속에서 만나 해마다 꽃을 피우고 빛을 내는 이야기로 자아와 세계의 통합을 보여 준다. 「강아지똥」과 같은 동화에서는 자신의 존재가 아무 짝에도 쓸모없음을 알게 된 '강아지똥'이 민들레를 만나 그의 거름이 되어 줌으로써 작품 내적 세계와 화해하고 통합하는 모습을 보여 준다. 「내 짝꿍 최영대」의 경우에도 작품 내적 자아로서 따돌림을 받은 아이 최영대가 결국 자신의 주변 세계인 친구들과 어울리게 되는 승화된 통합의 세계를 감동적으로 보여 준다. 이처럼 동화 작품은 주인공으로서의 자아와 주변 환경으로서의 세계가 서로의 갈등을 넘어서서 극복하고 화해하며 그 결과 서로 통합하는 모습을 보여 준다. 이처럼 기쁨과 슬픔, 갈등과 해결을 넘어서서 자아와 세계가 서로 통합되는 세계를 보여 주는 작품이 바로 동화 세계의 통합이다.

2. 동화 세계의 특성

자아와 세계의 통합을 보여 주는 동화의 본질은 동화 세계 구현의 본질적 특성이다. 먼저 그것은 작품 속에서 자아와 세계의 비극조차도 승화시켜 주는 원동력으로서 작용한다. 앞에서 예로 든 「바위나리와 아기별」, 「강아지똥」, 「내 짝꿍 최영대」는 모두 비극적인 자아와 세계를 보여 준다. 자아와 세계의 갈등도 보여 준다. 하지만 결국 독자가 이 작품에서 얻는 감동은 통합의 세계가 보여 주는 것이다. 작품의 결말이나 전망이 모두 화해와 통합의 세계를 보여 주며 마무리되기 때문이다. 찬찬히 살펴보면 많은 동화가 대부분 화해와 통합의 세계를 보여 준다. 작품 속에서 비극적인 자아와 비극적인 세계 및 그 사이의 갈등을 보이기도 하지만, 결국 주인공의 비극과 세계의 비극 및 그 관계 속에서 생겨나는 비극은 모두 극복이나 조화, 해결이나 승화를 보여 주면서 통합으로 마무리된다. 이와 같은 동화의 본질로 인하여 동화의 비극은 비극을 넘어서는 통합을 보여 준다.

통합을 보여 준다는 점에서 동화에서 보여 주는 비극은 소설의 비극과도 다르다. 가령 「운수 좋은 날」(현진건)과 같은 소설의 비극이 자아와 세계의 대결을 보여 주는 데 반해, 「강아지똥」의 비극은 자아와 세계의 통합을 보여 준다. 자신의 존재가 아무 짝에도 쓸모없다는 데서 생겨나는 '강아지똥'의 슬픔과 비극은 '민들레'를 만나 그의 거름이 되어 줌으로써 극복되고 승화된다. 그로써 자아와 세계의 통합을 보여 준다. 이와 같은 동화의 본질은 비극조차도 승화시켜 주는 원동력으로서 작용한다. 「바위나리와 아기별」에서도, 「내 짝꿍 최영대」에서도 통합의 세계가 나타난다.

동화의 통합은 갈등과 대결을 넘어서는 개념이다. 동화 속에서도 자아와 세계의 갈등이나 대결이 나타나지만, 그것이 대결을 넘어서는 통합을 보여 준다. 가령 「나쁜 어린이표」(채인선)에서 '건우'는 자신의 뜻대로 되지 않고 자신을 수용해 주지 못하는 세계와 부단한 갈등과 대결을 벌인다. 그래서 심지어 '선생님'의 책상에서 몰래 나쁜 어린이에게 주는 스티커를 몰래 훔치기까지 한다. 그러나 이와 같은 대결은 동화답게 해결된다. 화장실에서 나오지 못할 정도로 갈등하는 '건우'의 대결이 '선생님'의 이해와 용서로 인해 화해와 조화의 세계로 승화되기 때문이다. 자아와 세계의 대결을 넘어서는 통합의 세계이며, 동화만이 보여 줄 수 있는 세계이기도 하다. 그래서 동화의 본질은 소설이 보여주는 갈등이나 대립, 대결보다는 조화와 승화를 추구하는 통합에서 찾아진다.

물론 소설 중에서도 작품 내적 자아와 작품 내적 세계의 통합을 보여 주는 작품이 있다. 「젊은 느티나무」(강신재)와 같은 소설이 그러하다. 이 작품은 부모의 재혼으로 만나게 된 '숙희'와 '현규'의 이룰 수 없는 사랑과 그 사랑에 절망하고 다시 희망을 갖는 작품 내적 자아의 슬픔과 극복을 보여 준다. 부모와 떨어져 살아야 하는 상황이 발생하면서 두 사람만 집에 남을 수 없게 되어 절망한 채 시골로 내려간 '숙희'에게 찾아온 '현규'에게서 '무슨 수'가 있을 테니 돌아와 학업을 계속하라는 말을 들은 '숙희'의 음성으로 '그를 더 사랑하여도 되는 것이다'라는 환희에 찬 결말을 보여 준다는 점에서 갈등과 비극은 극복되고 승화된다. 동화처럼 자아와 세계의 통합을 보여 주기도 한다.

하지만 이 작품이 '동화'가 아닌 '소설'인 까닭은 작품이 보여 주는 자아와 세계의 통합이 작품 속에서만 존재할 뿐 작품 외적 자아에게서는 존재하기 어렵다는 데서 찾아진다. 어른 독자는 이 소설을 읽고 '숙희'와 '현규'가 사랑을 이룰 수 있는 해법이 없다는 사실을 안다. 설혹 부모를 이혼시킨다 해도 둘은 서로 결합할 수 없는 관계임을 이미 안다. 작품 내적 자아와 작품 내적 세계가 통합의 승화를 보여 준다 해도 현실의 법칙에 따라 결코 둘 사이의 통합이 이루어질 수 없다고 인식하는 작품 외적 자아의 존재가 그 통합을 통합으로 받아들이기 않기 때문이다. '숙희'의 가냘픈 희망은 그래서 더 아름답지만, 독자는 실현 가능한 현실과의 통합 가능성을 찾아보기 어렵다. 그래서 이 작품은 비극적인 아름다움을 아름다운 언어와 독자를 끌어당기는 플롯의 묘미가 뛰어나게 형상화된 소설로 읽힌다.

그러나 동화 속에는 현실적 실현과 소망이 가능한 통합이 존재한다. 용서와 화해가 나타나고, 미래에 대한 소망이 나타난다. 그것은 동화의 자아가 어린이라는 데서 가능해지는 특성이기도 하다. 동화 속 자아로서 주인공은 비록 어둡고 절망적인 현실 속에 있어도, 성장으로 인한 변화와 극복의 가능성이 열려 있는 존재이기 때문에 세계와의 통합을 이룰 힘을 지닌 존재이다. 성격이나 삶이 굳어버린 어른으로서의 자아와는 다른 특성이다. 따라서 동화 속의 세계에는 갈등과 대결이 해결될 수 있다는 희망으로 인한 통합의 세계가 나타난다.

비록 행복한 결말을 보여 주지 못하는 작품이라 할지라도 통합을 지향하는 동화의 본질에 어긋나지 않는다. 동화는 대부분 소설과 달리 현실의 질곡 앞에 무기력한 세계를 보여 주며 독자에게 절망을 심어 주지는 않는다. 그래서 독자가 '다 잘될 거야'라는 생각으로 작품 세계를 경험하도록 한다. 그래서 독자는 작품 외적 자아로서 작품이 보여 준 세계와의 통합을 경험할 수 있게 된다. 말을 못하는 어머니와 '은수'라는 가난한 모녀의 삶이 다소 어두운 색채로 그려진 「종이 목걸이」(손연자)와 같은 동화도 마찬가지이다. 주인공 '은수'의 그림이 상을 받지 못하게 되어도, 이 작품을 읽은 독자는 절망하지 않는다. 지금은 가난하더라도 정직하게 그림을 그린 '은수'가 자라나 어른이 되면 분명히 어머니에게 '진주 목걸이'를 사 드릴 날이 있으리라 기대하게 된다. 이런 점은 소설을 읽은 독자가 작품이 보여준 세계의 개연성에 기대어 어떤 문제의식을 갖게 되거나 갈등 및 대결을 경험하게 되는 것과는 다른 양상이다.

동화의 통합은 어린이들의 경험이나 인식이 어른과 다르다는 점에서 비롯된 것이기도 하다. 작품 외적 자아로서 어린이 독자는 현실 세계의 문제나 질곡에 대한 경험이 어른과 달라서 어른들의 마음이 될 수 없다. 같은 작품을 읽어도 어른과는 다른 느낌을 갖게 되고, 어른과 다른 경험을 작품에서 얻는다. 「종이 목걸이」(손연자)를 읽은 어른이 '칙칙하고 꾀죄죄한' 동네에 사는 벙어리 엄마와 가난한 딸의 삶을 비극적인 시선으로 바라볼지라도, 어린이 독자는 그와는 다른 '감상 위치'에서 '은수'의 그림과 삶을 바라볼 수 있다. 따라서 동화가 보여 주는 통합의 세계는 작품 외적 자아로서 독자의 '감상 위치'에 따라 결정되므로, 독자가 느끼고 인식하는 통합으로서 의미도 지니게 된다. 그래서 「종이 목걸이」처럼 삶의 문제가 해결되거나 두드러진 소망이 나타나지 않은 작품에서도 독자는 '눈썹 같은 초승달'의 빛만으로도 통합의 세계를 경험한다. 동화는 그런 세계를 형상화해 낸다.

이와 같은 본질과 그로 인해 형성되는 특성은 어린이 독자에게 자연스럽고 고무적이다. 성장 과정에 있는 어린이에게 작품 내적 자아로서 주인공과 작품 세계와의 조화 및 통합이 감동과 기쁨을 준다는 점에서 이와 같은 속성은 자연스럽다. 또 작품 외적 자아로서 독자가 스스로 느끼는 작품 세계와의 통합은 현실 세계와의 통합으로 이어지는 가교 역할을 한다는 점에서 의미가 있다. 때때로 현실주의 경향을 띤 동화를 읽으면서 막연하게나마 어떤 문제의식이나 현실의 부조리 등을 느끼게 한다 할지라도, 작품은 어린이 독자가 그것을 해결하고자 하는 의욕을 강하게 일으키도록 작품 세계를 창조하지는 않는다. 그래서 「문제아」(박기범)에서조차도 '문제아'가 되어 고난의 삶을 사는 주인공 '나'가 결국엔 잘 되리라는 전망을 소거하지 않은 채 결말을 맞이하게 된다.

동화는 또한 세계의 본질을 독자적인 방식으로 형상화하여 보여 주는 문학이기도 하다. 동화가 세계의 본질을 형상화는 데에는 독자적인 방식이 활용된다. 가령 어린이 독자가 이해하기 쉽도록 우의적인 형식을 빌거나 비유와 상징 같은 기법을 택하기도 한다. 이 점은 동화의 또 다른 본질이기도 하다. 결국 동화는 독자적인 방식으로 세계의 본질을 형상화하는 문학이기도 하다.

동화가 독자적인 방식으로 세계의 본질을 형상화는 데는 어린이 독자의 발달 단계를 고려한 결과이다. 어린이 독자는 구체적 조작기에 있고, 표상 능력이 현저히 낮아 형식적 사고나 추론적 사고에 능숙하지 못하다. 그래서 인간의 세계에서 일어나는 일을 이해하기도 어렵다. 교활한 인간이나 엉큼한 인간, 위압적인 존재나 그들의 행태 등을 이해하지 못한다. 그래서 여우, 늑대, 호랑이와 같은 동물을 활용하고 우의적인 기법으로 이야기를 지어낸다.

그것은 어린이가 극히 적은 삶의 경험만으로도 이해할 수 있는 방식으로 활용된다. 그래서 어른 독자의 공감도 이끌어낸다. 이렇게 동화는 세계의 본질을 형상화한 문학이라는 독자적인 내적 자질을 함유한다.

Ⅲ. 박지은의 동화와 문학적 성취

1. 박지은의 동화 세계

박지은 작가의 동화 작품들은 자아와 세계의 통합이라는 동화의 본질을 총체적으로 보여 준다. 보통 한 작가의 작품들은 특정한 방식이나 유형을 보이는 경우가 흔하다. 작품으로 현실의 모순을 드러내고 세계의 문제점을 부각시키는 의도 및 현실주의 경향의 동화 세계를 보여 주는 작가가 있는가 하면, 동심의 순수함과 아름다움을 지향하며 고운 언어로 밝고 희망찬 세계를 보여 주려는 의도 및 모더니즘 경향이나 동심주의를 표방하는 작품 세계를 보여 주는 작가도 있다. 그러나 박지은의 작품에서는 다양한 이야기 세계와 다채로운 서사 방식을 볼 수 있어 동화 갈래의 가능 세계를 폭넓게 열어 준다. 박지은의 작품에는 다양한 동화 세계가 나타나는데, 그가 보여 준 동화 세계로부터 동화의 본질에 대한 탐구가 가능할 만큼 동화의 총체성을 작품에 담아 놓고 있다.

박지은의 작품이 보여 주는 통합의 세계는 동화가 보여줄 수 있는 다양한 이야기 기법으로 구현된다. 사실적인 이야기나 우의적인 이야기, 몽환적인 이야기나 환상적인 이야기가 모두 어린이 독자에게 쉽게 이해되도록 창조되어 있다. 어린이 독자가 인간과 삶을 쉽게 이해하도록 동화만의 독자적인 방식을 활용한다. 때로는 현실의 법칙에 따라 사실적으로, 때로는 우의적 기법을 활용하여 쉽게 비유하면서, 또 어떤 작품에서는 몽환이나 환상의 세계를 창조해 내면서 동화 세계를 창조해 냈다. 또 소설가가 역사소설을 쓰듯이, 역사동화의 세계를 열어 보이며, 어린이에게 역사와 역사적 지식의 세계를 쉽게 이해하도록 이야기를 풀어내기도 했다.

역사동화를 포함하여 '동화'가 이야기를 들려주는 방식은 네 가지 유형으로 나뉜다. '사실동화', '우의동화', '몽환동화', '환상동화'가 그것이다. 이 분류는 자아와 세계 및 사건의 정체성과 특성에 따른 것이다. '사실동화'는 현실의 인물과 현실 세계의 통합을 현실의 법칙에 따라 보여 주는 작품이다. '우의동화'는 사람이 아닌 존재이면서 사람처럼 행동하는 의인화된 자아와 현실 세계와의 통합을 우의적인 방식으로 보여 주는 동화이다. '몽환동화'는 현실 속의 존재가 현실 속에서 꿈이나 비현실적인 환상이나 비현실적인 경험으로 통합을 경험하게 되는 이야기로 나타난다. '환상동화'는 비현실 세계에 가게 된 비현실적인 자아가 비현실적 세계에서 비현실적인 방법으로 자아와 세계의 통합을 보여 주는 동화이다.

(1) 사실동화와 서사적 긴장미

사실동화는 현실 속에서 흔히 보는 인물과 있을 법한 사건으로 이야기를 꾸민다는 점에서 서사적 긴장미와 재미를 획득하여 어린이 독자를 사로잡기에는 어려움을 지닌다. 그것은 우의동화나 환상동화처럼 특별하게 신기한 인물이나 신비로운 사건이 등장하지 않는다는 점에서 갖게 되는 특성이기도 하다. 그래서 「들키고 싶은 비밀」(황선미)을 읽는 도중에 한두 쪽씩 건너 뛰어 읽게 되기도 하고, 웃으면서 「키 작은 아이」(이현)를 읽다가 어떤 장면에서는 다소의 지루함을 느끼면서 다음 쪽을 넘겨보기도 한다. 특히 어린이 독자의 경우 서사적 긴장미가 다소 늦추어지는 인물 묘사나 심리 묘사 등의 부분에서 재미가 없다고 느끼기도 한다.

사실동화가 어린이 독자를 사로잡는 이야기를 전개해 내려면 무엇보다 서사적 긴장미나 이야기의 재미를 갖추어야 한다. 물론 그 이야기는 현실적 개연성을 획득한 것이어야 하고, 어린이 독자에게 적합한 동심의 세계를 구현한 것이어야 한다. 어린이의 현실적인 삶을 사실적인 인물과 사실적인 사건으로 사실적인 배경 안에서 그릴 수 있어야 한다. 그러면서 서사적 재미로 독자를 사로잡기는 참 어렵다. 그래서 어린이 독자에게 인기를 얻거나 비평가의 호평을 받을 수 있는 사실동화가 많지 않다. 사실동화의 속성 자체가 갖고 있는 어려움 때문이다.

그런데 이와 같은 어려움을 내포한 사실동화가 박지은의 작품 가운데 11편이나 된다는 사실은 동화를 쓰는 작가로서 박지은의 노력과 작가 인식을 평가하게 한다. 사실적 기법의 역사동화 3편을 포함하면 박지은의 동화 39편 가운데 사실적인 이야기로 창조해 낸 작품이 가장 많다. 「천 마리의 종이학」, 「할머니의 다락방」, 「꿈을 그리는 낙서판」, 「분홍 조개장갑」, 「힘내라 토마스」, 「자전거 도둑」, 「감자꽃도 예쁘니까」, 「외삼촌의 선물」, 「남쪽병사 북쪽병사」, 「빨간 머플러」, 「마음이 행복한 자리」 등의 동화가 이에 속한다. 제목만 보아도 현실의 문제를 동심의 세계로 구현해 보고자 한 작가의 노력을 알 수 있다.

「천 마리의 종이학」은 '채송화 선생님'과 '나'와 '아이들'의 현실적인 삶에서 흔히 나타나는 이야기를 사실적으로 그려냈다. 장애를 가진 6

학년 '지선이'를 배려하고 보듬는 '선생님'과 친구들의 훈훈한 이야기인 「분홍 조개장갑」에도 현실에 있을 법한 선생님과 아이들을 등장시켜 재미있고 훈훈하게 풀어냈다. 다문화 사회를 맞이한 어린이들에게 들려주는 '토마스'의 이야기인 「힘내라 토마스」도 현실감을 강하게 부각시키는 의미 있는 이야기로 조명해 볼 만하다. 「할머니의 다락방」은 귀한 꿀을 쏟은 '정우'의 잘못을 용서해 주는 할머니의 너그러운 마음에 어른들조차 웃음을 머금으며 읽게 되는 작품이다.

문학적 성취가 돋보이는 작품은 「자전거 도둑」이다. 할머니와 함께 가난하게 사는 '은중', '은수' 남매가 가슴 아프면서도 따뜻하게 살아가는 세계를 보였다. 신문 배달을 하며 다달이 1만원씩 저축하여 일 년 동안 모아 산 자전거를 도둑맞게 되어 슬픔에 빠졌으나, 희망을 잃지 않은 '은중'의 가족에게 경찰서 직원들이 돈을 모아 자전거를 마련해 주는 대목은 현실감이 떨어진다고 해도 충분한 개연성을 지닌 동화적인 이야기로서 감동을 준다. 더욱이 도둑질조차 개인의 잘못이 아니라 가난으로 인한 잘못된 마음의 산물이라는 점을 부각시켜 주는 작가 인식은 새로운 리얼리티를 보여 준다. 단단한 구성과 서사적 재미와 함께 현실적 리얼리티를 획득하면서도 어린이에게 보여 줄 가치가 있고 인간이 추구할 만한 이상의 세계를 구현해 냈다. 고운 마음씨로 세상과 부대끼면서도 꿈과 희망을 잃지 않고 아름다운 삶을 일구어내는 주인공의 모습에서 동화적 성취를 볼 수 있다.

「감자꽃도 예쁘니까」에서도 독자적인 문학적 성취를 볼 수 있다. 병든 '할아버지'와 함께 가난하게 사는 '국화'가 감자 배급 시간에 늦어 배급을 받지 못할 뻔했다가, 젊은 관리의 배려로 가장 맛나다고 하는 굵은 노란 감자를 받아 갖고 돌아오는 길에 '할아버지'께서 돌아가셨다는 소식을 듣게 되는 이야기이다. 「운수 좋은 날」(현진건)의 서사 구조와 유사한 결말을 보이는가 싶은데, 결말 부분에서 시 두 편을 삽입하여 색다른 감동을 선사한다. 작가가 직접 창작한 시 한 수와 잘 알

려진 시 「감자꽃」(권태웅)으로 이야기를 마무리함으로써 이야기의 감
동을 배가시키는 동화적 성취이기도 하다.

　　저 북쪽 함경도 감자를
　　할아버지 무덤 앞에 심으렴.
　　감자를 먹는 것도 좋지만
　　감자꽃도 예쁘니까.

　　자주꽃 핀 건 자주 감자. 파 보나마나 자주 감자.
　　하양꽃 핀 건 하양 감자. 파 보나마나 하양 감자.

　한 편의 시를 직접 창작해 넣고, 유명한 시 한 수를 인용하면서 이
야기의 세계를 확장해 내는 상상력은 작가로서의 역량을 풍부하게 드
러낸다. 감자를 드시지 못하고 돌아가신 할아버지 무덤 앞에 그 감자
를 심으라는 시적 표현에서는 아릿한 서정이 묻어난다. 더욱이 그 감
자가 강원도 감자도 아닌 "저 북쪽 함경도 감자"라는 대목에서는 할아
버지의 고향인 북쪽을 생각하는 작가의 현실 인식도 보인다. 더 나아
가 "감자를 먹는 것도 좋지만, 감자꽃도 예쁘니까"라는 구절에서는 배
고픔을 채워주는 식량으로서의 감자에서 머물지 않고 더 나아가 예쁜
꽃을 피우는 대상으로 승화시켜 내는 탁월한 시적 성취가 돋보인다.
　박지은의 사실동화는 서사적 긴장미를 갖고 읽을 수 있다는 점에서
이야기로서의 성공을 보인다. 연극 입장표의 수가 부족하여 엄마, 언
니, 오빠에게 연극 나들이를 양보한 '우리 집 콩쥐 수연'이가 외삼촌의
장난스런 작전으로 따로 연극을 보러 가서 무대에까지 올라가 보는
경험을 하게 되는 「외삼촌의 선물」은 깜짝 사건과 반전으로 인한 서사
적 재미를 구축해 놓았다. 「꿈을 그리는 낙서판」과 같은 작품도 서사
적 긴장감이 살아 있어 눈여겨볼 만하다. 성급한 교훈주의에 경도되는

감이 있으나, 낙서하고픈 어린이의 마음을 수용하는 작가의 감성이 나타난다. 낙서의 욕망을 꿈으로 승화시켜 내는 결말이 현실감을 다소 떨어뜨린다 해도, 방송 작품 '세상에 이런 일이'에 나올 법한 이야기처럼 현실적 개연성을 갖추었다고 볼 수 있다. 그런 가운데 서사적 긴장감으로 이야기를 끌어 나가는 재미는 사실동화가 갖기 어려운 성취가 아닐 수 없다. 동화 속에 있을 법한 인물과 사건을 동화 속에 형상화했다는 점도 긍정적으로 평가할 만하다.

(2) 몽환동화로 구현한 애틋한 동심

몽환을 활용하여 이야기하는 기법은 동화뿐만 아니라 소설에서도 흔히 활용되는 이야기 작법이다. 중세 시인들이 널리 사용한 관습적인 서술 형식으로 이해되는 '꿈속의 환상'과 같은 이야기 방식이 바로 몽환동화의 특성이다. 꿈인 듯 생시인 듯 이야기 속에 구현된 비현실적인 세계는 어린이와 어른을 모두 사로잡을 수 있는 재미를 준다. 가령 「카스테라」(박민규)와 같은 작품에서 보는 냉장고 속에 들어 있는 '카스테라'는 상당히 비현실적인 이야기이다. '부모님'부터 '대통령'까지 '냉장고'에 집어넣는다는 이야기도 비현실적이다. 그러나 이런 이야기가 독자를 사로잡으며 커다란 관심을 받은 바 있다. 이와 같이 현실 세계를 배경으로 이루어지는 비현실적인 이야기 세계가 동화에서는 더욱 두드러지게 나타나는데, 그런 세계를 형상화한 이야기가 몽환동화이다. 몽환동화는 『해리 포터』처럼 현실을 떠난 비현실 세계에서 전개되는 환상 세계와 달리 현실 속에서 꿈인지 생시인지, 현실인 듯 비현실 인 듯 구분하기 어려운 세계를 구현해 놓은 동화를 일컫는다.

몽환동화는 환상동화와는 다르다. 환상동화는 현실 세계에서 비현실 세계로의 이동이 일어나고, 현실 세계와 비현실 세계가 구분된다. 「이상한 나라의 엘리스」가 보여 주는 세계는 엘리스가 꿈에서 깨어나면서 그동안의 비현실적인 일이 모두 꿈이었음을 알려 준다는 점에서 환상 세계를 구현해 내는 동화에 속한다. 그러나 몽환동화의 세계는 꿈인지 환상인지 구분이 명료하지 않고, 현실 속에서 알지 못할 비현실적인 사건이 신비롭게 펼쳐졌다는 점에서 꿈으로 인하여 전개된 환상동화와는 다르다. 몽환의 세계는 현실 세계를 배경으로 현실적인 주인공이 꿈이나 몽롱한 환영으로 새로운 세계를 경험하게 되는 이야기에서 주로 나타난다.

몽환동화는 어린이 독자의 심리 세계에 다가갈 수 있는 이야기라는 점에서 의미를 지닌다. 어린이들은 종종 현실 세계와 비현실 세계를 넘나드는 사고를 하기도 한다. 사실이 아닌 일도 사실처럼 여기거나, 현실의 법칙에 위배되는 비현실적인 일도 일어날 수 있다고 믿는다. 그래서 몽환동화에서 보여 주는 비현실적인 이야기도 전혀 어색해하지 않는다. 현실 속에서 현실의 주인공에게 비현실적인 사건이 일어나도 그대로 받아들이고 재미있어 한다.

박지은의 동화에도 이와 같은 몽환 세계 구현으로 미적 성취를 보인 작품이 보인다. 「게으름뱅이 나라」, 「날아다니는 얼룩이」, 「기차와 만파식적」, 「바다와 하얀 아기용」, 「술래와 빙그레 돌하르방」, 「초록 색연필」, 「유리 풍경」, 「물결소리」, 「달빛 마을 우체국」, 「사탕팔이 소녀」가 이에 해당한다. 39편 중 10편에 해당하는 박지은의 몽환동화에는 어린이다운 마음이 담겨져 있다.

어린이들은 꿈과 현실, 사실 세계와 환상 세계, 상상의 세계와 실재의 세계를 명료하게 구분하지 못한다. 그래서 술래잡기 놀이를 하다가 "달밤에 유채꽃이 하도 좋아도 빙그레 돌하르방님도 우리하고 같이 술래잡기 하고 싶은 건가 봐……"라고 생각할 수 있다. 이와 같은 몽환적 사고를 바탕으로 이야기를 구현해 낸 「술래와 빙그레 돌하르방」이나 풍경 소리가 시끄러워 잠을 잘 수 없으니 치워 달라고 엽서를 보낸 이가 '코스모스'였다는 「유리풍경」이야기에도 몽환 세계가 나타난다. "별안간 민영이의 눈앞이 온통 초록빛으로 가득"해지고 그때 나타난 '초록 색연필 나무'에게 인사를 하고 '바람도 없는데' '초록 나무'의 인사를 받은 '민영이'의 이야기를 몽환적으로 그려 낸「초록 색연필」도 그러하다.

『삼국유사』에 나오는 '만파식적'의 이야기를 소재로 삼은「기차와 만파식적」은 현실 속에서 이루어지는 이야기가 꿈의 세계와 결합하면서 몽환의 세계를 보여 준다. '만파식적'의 이야기를 학교에서 배운 '기훈'이 그것을 소재로 글을 쓰게 되고, 그 작품이 상을 받으면서 경주에 사는 대학생 '은우 누나'의 초대를 받아 경주에 간 '기훈'이 하룻밤의 꿈에서 현실과 넘나들며 '신비롭고 환상적인 경험'을 하게 된 이야기로서 관심을 받은 바 있다.

「성모님의 선물」에도 동심이 그려낼 법한 몽환 세계가 나타난다. 엄마를 기다리는 '지수'와 동생 '여울이'의 눈물겨운 이야기 속에 성모님과의 대화가 나타나고, 엄마를 만나게 해 달라는 '지수'의 기도를 성모님이 들어 주었다는 이야기는「오세암」(정채봉)의 '감이'와 '길손이'가 열어 보이는 몽환 세계와도 닮았는데, 성모님께 기도하며 성모님의 말씀을 듣는 '지수'의 몽환적인 경험이 독자의 감동을 자아내게 한다. 어른에게도 수용 가능한 몽환 세계이다.

2007년, 『아동문예』 등단 작품인「날아다니는 얼룩이」는 동심다운 몽환의 세계를 아름답게 보여 주었다는 점에서 박지은의 대표작 가운데 하나로 꼽을 만하다. 태어나면서부터 지켜보면서 정들었던 얼룩이를 팔아 보내고 '지연이'는 꿈속에서 '얼룩이'를 만나 무령왕릉 위를 날아가 왕릉 안까지 들어가 보는 신비로운 경험을 하게 된다. 그렇게 하여 해소된 이별의 슬픔으로 결국 '얼룩이'를 떠나보낼 수 있게 되는 동심을 애틋하면서도 환상적으로 그려 냈다는 점에서 동화 문학의 독자적인 성취를 보인다.

몽환동화가 보여 주는 몽환의 세계는 다시 세부 유형으로 나뉠 수 있겠지만, 공통적으로 박지은이 보여 준 몽환동화의 세계는 현실에서 소망을 이루지 못하는 애틋한 동심을 위로하고 어루만져 주는 동화 세계의 구현을 보여 준다는 점에서 독자적이다. 몽환적 장치를 활용하여 결핍의 자아에게 현실적 소망을 실현해 준다. 그로 인해 독자는 세상에 대한 믿음을 갖게 되고, 아울러 소망의 가치를 일깨우게 된다. 이런 이야기를 읽을 때 어린이 독자는 행복하며 긍정적이고 아름다운 결말에서 유사한 행복과 안정을 느낀다. 그것은 세상에 대한 신뢰와 정서적 안정감으로 이어진다. 박지은 작가는 이런 점을 인식하며 소망이 성취되는 몽환동화의 세계를 창조해 보였으리라고 본다.

(3) 우의동화로 여는 동심과의 소통

우의동화는 동심의 세계를 우의적인 기법으로 구현해 낸 동화를 말한다. 우의적인 기법이란 현실의 대상이나 원관념을 비유적인 비현실적인 대상이나 보조관념에 빗대어 말하는 방식이다. 사람이 아닌 것을 사람처럼 의인화하여 나타내는 우화 방식이 가장 보편적으로 쓰인다. 유명한 '이솝 이야기'처럼 동물이나 사물 등의 특성을 빌어 현실의 인물이나 사건, 특성 등을 표현하기도 하고, 「금수회의록」(안국선)이나 「동물농장」(조지 오웰)처럼 동물이 등장인물이지만 그들의 행동이나 이야기 속의 사건이 현실 속의 인물들이 벌이는 현실 세상의 이야기로 빗대어 읽히는 이야기도 모두 우의적인 기법에 속한다.

물활론적 사고를 하는 어린이의 경우, 주변의 사물이 자기처럼 아픔도 느낄 수 있는 살아 있는 생명체로 여긴다는 점에서 우의동화야말로 동심의 세계를 구현하기에 유용하고도 적합한 창작 방법으로 활용되고 있다. 초등학교 2학년 1학기 『읽기』 교과서에 수록된 「퐁퐁이와 툴툴이」(조성자)나 백석의 시 「개구리네 한솥밥」도 모두 의인화된 이야기 세계를 펼쳐 보여 어린이 독자를 사로잡는다. 이들 작품에서 작중 인물인 '퐁퐁이'와 '툴툴이'는 샘물이지만, 기실 두 인물의 의미는 더불어 살 줄 아는 사람과 자기만 아는 사람을 우의적으로 빗대어 나타낸 데서 찾아진다. 또 쌀 한 말을 얻어오려 형네 집을 찾아 다녀오는 '개구리'와 '소시랑게', '방아깨비', '하늘소, 쇠똥구리' 등의 인물도 의인화된 존재로 나타난다. 사물이나 동식물이 본연의 속성을 지니면서도 의인화된 존재성을 보이는 우의적 이야기가 동화에 흔히 나타나는 까닭은 그것이 어린이 독자와의 이야기 소통을 원활하게 할 수 있기 때문이다.

이와 같은 특성으로 인해 동화에서는 소설에서와는 달리 우의적 기법이 풍자로 활용되기보다 주로 주제의 이해를 위한 독자와 소통 기법으로 쓰인다. 어린이 독자는 우의적으로 이야기를 들려줄 때 더 잘 이해하고, 그 의미도 잘 파악한다. 가령, '착한 사람이 있었는데, 자기 것은 다른 사람들에게도 다 나누어 주었어. 하지만 나쁜 사람은 자기 것을 남에게 하나도 주지 않아서 나중에 혼자 쓸쓸하게 죽었단다'라는 방식으로 들려주는 이야기보다 '퐁퐁이'와 '툴툴이'의 이야기로 더불어 사는 삶을 이야기해 줄 때 더 잘 이해한다. 뿐만 아니라, 우의동화는 이야기를 더 재미있고, 실감나게 풀어낼 수 있어 독자를 사로잡기에도 좋다. 소설에서는 풍자하기 위한 우의적 기법이 동화에서는 독자를 사로잡는 장치로 쓰이니, 이 점도 소설과 동화의 차이라 하겠다.

우의동화는 어린이가 이해하기 쉬운 이야기를 풍부하게 만들어 낼 수 있는 특성을 지닌다. 가령, '오오 나라'를 배경으로 펼쳐지는 '이빨 공주', '오오 공주', '일개미 언니', '개미 왕자' 등의 이야기가 재미있게 펼쳐지는 「개미 정원」(정설란)은 지식 동화로서의 성격을 지닌다 해도, 개미를 우의적인 인물로 설정하여 다양한 이야기를 펼쳐냄으로써 어린이들의 사랑을 받는다. 이처럼 동물들이 사람처럼 말하고, 행동하고, 생각하는 이야기는 다양한 사건들을 풀어낼 수 있는 여지를 함의하고 있어 독자의 흥미를 끌기에 충분한 이야기 선을 만들어 낼 수 있게 한다.

현실에서 볼 수 없는 인물이 등장한다는 점도 우의동화가 독자의 흥미를 끄는 요인이다. 또 현실 세계와는 다르게 사건이 벌어진다는 점도 이야기의 재미를 높여 어린이 독자의 흥미를 끌기 쉽게 한다. 저학년 어린이에게 인기가 많은 「괴물 예절 배우기」(조안아 코울)와 같은 작품에서도 '로지'와 로지의 친구 '프루넬라', '네드 삼촌' 모두 괴물이어서 흥미롭다. 현실 세계와는 다른 괴물 세계의 예절을 우의적인 이야기 기법으로 그려 내어 어린이 독자의 흥미를 끈다. 「책 먹는 여우」(프란치스카 비어만)도 그러하다. 도서관이라는 현실 속에 등장하는 '여우 아저씨'라는 인물은 어린이 독자를 사로잡기에 충분하다. 그 '여우 아저씨'가 책에다 후추를 뿌려서 먹는다는 이야기나 책을 훔쳐서 감옥에 가게 되는 이야기, 교도관 '빛나리 씨'와 엮어 내는 이야기는 비현실적이지만 어른이 읽어도 재미가 있다. 우의적인 이야기가 지닌 힘이기도 하다.

박지은의 동화에서도 우의적인 기법을 활용한 동화가 눈에 띈다. 가령 「아기곰의 커다란 재채기」와 같은 작품은 깜찍하고 귀여운 상상력이 돋보여 어린이 독자의 관심을 받기에 충분해 보인다. 어린 '소년'이 '할머니'가 떠 주신 빨간 벙어리장갑 한 짝을 눈썰매를 타다가 잃었는데, 눈 속에서 '두더지', '토끼', '고슴도치', '올빼미', '오소리', '여우'가 하나씩 나타나 장갑 속에 들어가 있는데, '아기 곰'이 얼굴을 들이밀었다가 '생쥐'가 코를 간질이는 바람에 재채기가 나고, 그 바람에 모두들 장갑에서 튕겨져 나가면서 장갑이 '소년' 앞에 떨어져 '소년'이 장갑을 줍게 되는 짧은 이야기이다. 주인공 '소년'이 현실적인 인물이라는 점에서 본격적인 우의동화와는 다소 다른 변주를 보이지만, '소년' 외 다른 여러 등장인물이 모두 동물이어서 우의적인 이야기에 속한다.

이와 같은 점에서 독자적인 우의동화라 할 이 작품은 새로운 재미를 선사해 준다. 벙어리장갑 하나를 놓고 벌어진 '소년'과 여러 동물의 단순한 이야기로 동화 세계를 열어 보였지만, 독특한 상상력으로 독자를 웃게 해 주는 재미가 있다. 자기 장갑 한 짝을 놓고 일어났던 동물들 사이의 이야기를 전혀 알지 못하는 '소년'이 아무것도 모른 채 장갑을

주워 들 때, 그 간에 일어났던 동물들의 모든 이야기를 다 알고 있는 독자는 '소년'이 모르는 그동안의 이야기를 혼자만이 안다는 재미에 살포시 웃게 된다. 약 6세 전후의 어린이들에게 아름다운 선물로 안겨도 좋을 작품이라 하겠다.

'몽당연필'이 서술자로 나오는 「준선이의 몽당연필」도 어린이 독자에게 색다른 재미를 선사한다. 작품 속의 '나'는 "준선이가 아껴 쓰는 몽당연필"이다. 인간과 더불어 생활하는 '개'가 들려주는 이야기인 「교실에 간 개돌이」(김옥)나 「쭈구리」(소중애)의 '나'처럼 「준선이의 몽당연필」에서도 '몽당연필'인 '나'가 준선이의 이야기를 들려준다. '준선이'가 자기네처럼 글씨 쓰기와 글쓰기를 힘들어 한다고 '몽당연필'이 들려주는 이야기에 귀를 기울이면서 독자는 자기 이야기를 듣고 있는 듯한 동일시와 재미를 느낄 수 있다.

이 외에도 '패랭이꽃님'이라는 의인화된 인물과 사실적인 인물로서 '구름 산 아저씨'가 동시에 등장하는 「두물머리 풀꽃밭」, 바다로 가고픈 꿈을 이루기 위해 노력한 '하얀 돌멩이'의 이야기인 「돌멩이 바다로 가다」, '평화'라는 아이의 이름을 빌어 평화의 소중함을 우의적으로 들려주는 「세상의 평화는 아주 작은이에요」, 「크리스마스 트리」, 「술래와 빙그레 돌하르방」, 「북풍 할머니」, 「진실이와 거짓이」 등 11편의 작품으로 다양한 우의동화의 세계를 펼쳐 보인다.

박지은이 보여 준 우의적 기법도 다채롭다. 그것은 대상을 의인화하는 데서 더 나아가 인물화 해내는 기법으로까지 발전된 양상으로 나타난다. '지구'가 간지러움을 참아 왔고, 그에 대하여 고민하고 연구하는 '지구'와 과학자들의 이야기인 「지구는 간지러워」에서 '지구'는 의인화를 넘어서는 한 인물이다. 이런 기법은 진실과 거짓이라는 추상 개념을 인물로 각각 형상화해 낸 「진실이와 거짓이」나 「세상의 평화는 아주 작은이에요」의 '평화'로도 나타난다. '여우의 도시', '소의 도시', '불도그의 도시', '셰퍼드의 도시' 등으로 인간 세계를 풍자한 「하느님도

쉬고 싶어요」는 『금수회의록』(안국선)과 같은 전형적인 우의 기법을 시용한 동화이지만, 형제 간의 우애로 추위를 견뎌 내는 「북풍 할머니」는 인간과 의인화된 인물인 '북풍 할머니'가 벌이는 이야기로서 차별화된다. 이런 우의 기법은 「꽃 가꾸는 로봇 두더지」에도 나타나는데, 우의적 인물인 '로봇 두더지'와 현실적 인물인 '연구소장', '장관' 등이 펼치는 이야기로 동심에 다가간다.

이렇게 우의적 기법을 활용한 박지은의 노력은 비유적 형상화로 어린 독자들에게 다가가려는 노력으로 보인다. 무거운 주제마저도 가볍게 단순화하고 쉬운 어휘로 형상화하여 어린 독자들과 소통하고자 하는 시도라 하겠다. 이로 인해 박지은 작가가 보여 준 다채로운 우의적 기법은 어린이의 마음과 소통할 수 있는 창작 기법으로 활용되면서 독자적인 동화적 성취를 보인다.

(4) 환상동화의 세계

환상의 세계 역시 동화와 소설을 넘나들며 이야기 세계를 풀어내는 창작 기법에서 나타난다. 환상의 세계의 독자성은 현실 세계와 대비되면서 풀어내는 비현실적인 이야기에서 나타난다. 대표적인 작품으로 「피터팬」(제임스 베리), 『해리 포터』(조앤 롤링)와 같은 작품이 이에 속한다. 몽환동화와는 달리 현실 세계와 비현실 세계의 경계가 분명하게 나타나면서 독자적인 환상 세계를 구축해 낸다는 점에서 환상동화의 독자성이 형성된다.

환상 문학은 초자연적인 또는 비현실적인 사건이나 제재를 다루고 있는 다양한 허구적 작품들을 가리키는 명칭으로, 영국의 고딕 소설과 유령 이야기, 독일 낭만파의 몽환적 경향의 작품, 루이스 캐롤의 꿈나라 이야기, 그리고 카프카나 보르헤스가 취급하는 현실과는 전혀 무관해 보이는 세계와 사건들 속에서 풍부하게 발견된다.

환상 문학은 문학 장르들 가운데에서도 유독 문학은 인간의 현실적 경험을 재현하여야 한다는 원칙을 무시하고 있는 것처럼 보인다. 그러나 아리스토텔레스 식으로 말하자면, 문학이 어차피 실제의 세계가 아니라 개연성의 세계를 취급하는 것이라면, '개연성 있는 불가능성'은 문학이 개척할 만한 영역이며, 그런 점에서 환상 문학의 존재 명분은 성립된다고 할 수 있다.

환상 문학이 초자연적이고 비현실적이지만, '개연성 있는 불가능'의 세계를 보여 주는 작품이라면 박지은의 환상 동화 또한 그러한 세계를 충실하게 구현해 내고 있다. 그것은 크게 두 가지로 나누어진다. 하나는 전통적 환상 세계이고, 다른 하나는 심미적 환상 세계이다. 전통적 환상 세계란 한국적 전통에 기대어 형성되는 환상 세계이다. 가령 「하얀 목마의 꿈」에서는 대한제국 순종 황제가 어린 시절 즐겨 탔다는 '하얀 목마'가 등장하여 밤마다 가난하고 어려운 사람들에게 찾아가 소원을 들어 주는 이야기이다. 아홉 번째 밤까지 소원을 들어 준 후에 다 낡게 되어 땔감으로 쓰이게 되었지만, "마지막 한 조각이 재가 될 때까지 다음에 태어날 새로운 빛을 축복하고 있었습니다"는 결말로 새희망을 창조해 보인다. 아홉 가지 소원 성취의 이야기로 「구운몽」이 보여준 소원 성취의 전통을 떠오르게 한다.

「별바라기 동동」 또한 비현실적인 환상 세계의 경험이 주된 이야기를 이룬다는 점에서 환상동화에 속한다. '바이올린 아저씨', '호른 아저씨'와 함께 '제3회 밤하늘 콘서트'를 마친 '트럼펫 아저씨'가 집에 돌아오는 길에 만난 정체불명의 '사나이'와 겪은 이야기이다. '트럼펫 아저씨'는 '별부스러기'를 줍는다는 '사나이'를 만나 자기가 트럼펫을 연주하는 동안 '반짝반짝 빛나면서 꼬리에 꼬리를 물려 떨어져 내리는 자잘한 모래알 같은 부스러기별'을 받는 모습을 보았지만, 그 사나이가 말한 '탄천 별바라기 동동 천문대'는 존재하지 않아 아무도 믿을 수 없는 일이 되고 말았다는 신비로운 이야기이다. '트럼펫 아저씨'라는 성인이 등장인물이지만 환상 동화의 세계를 잘 구현해 낸 작품이다. 꿈에 의한 환상 세계의 경험이라는 몽환적 장치가 아닌 환상 그 자체로써 현실 속에서 어느덧 환상의 세계로 넘어가는 신비로운 경험으로 이야기를 들려주는 환상동화의 구조를 보인다.

전통적 환상 세계와 심미적 환상 세계로 구현된 박지은의 환상동화도 다른 환상동화처럼 현실 세계를 벗어난 환상의 세계를 창조해 보인다는 점에서 같다. 흔히 '판타지(Fantasy)'라 불리는 환상동화는 현실 세계와 환상 세계가 공존한다는 특성을 지니며, 주인공이 비현실 세계에서 겪게 되는 경험이 주요 이야기를 이룬다. 박지은의 동화에서 환상동화는 2편뿐이지만, 현실 세계와 비현실 세계가 공존하는 환상 동화의 세계를 잘 구현해 냈다는 점에서 작가적 역량을 볼 수 있다. 또, 환상의 세계를 전통적 환상의 세계와 심미적 환상의 세계로 구현한 점에서 어린이 독자가 쉽게 이해할 수 있도록 고려했다고 보인다.

2. 박지은 동화의 문학적 성취

(1) 동심으로 창조한 다양한 동화 세계 구축

박지은 동화가 보인 문학적 성취는 무엇보다도 다양한 동화 세계를 실험하고 구축해 보인 데서 찾을 수 있다. 아직 동화의 이론이 형성되어 있지 않은 현실에서 다양한 동화 기법을 모색하면서 독자적인 동화의 세계를 열어 보인 데는 치열한 작가의식이 기반이 되었기에 가능했으리라 본다. 그의 동화를 읽으면 동화의 독자성이 무엇인지 생각할 수 있게 되고, 서사 갈래의 작은 갈래에 속하는 동화가 어떻게 유형화될 수 있을지, 그 세부 갈래의 분류까지 생각하게 된다. 한 작가가 동화의 가능 세계를 풍부하게 다양하게 열어 보였기에, 동화 이론의 지평을 탐색할 수 있는 작품 세계의 기반이 조성되었다.

현실적 존재로서 자아와 현실 세계의 속성을 숭고하고 비장하게 구현해 내면서 미적 세계를 구축한 점도 박지은 동화의 의의라 할 수 있다. 현실의 인물과 현실의 사건을 중심으로 현실의 법칙에 충실하게 창작한 사실동화의 세계를 창조할 때에도 박지은 작가는 아름답고 숭고한 이야기를 창조해 냈다. 어린이 독자의 발달 단계에 적합하도록 우의적인 기법과 몽환적인 기법을 활용하여 깊이 있는 의미를 쉽게 전해 주고 있는 우의동화와 몽환동화에도 심오한 주제 의식을 실어 놓았다. 또 어른 독자까지도 사로잡을 수 있는 환상동화도 열어 보였다.

이와 같은 박지은의 동화 세계를 이루는 기저는 작가의 독자적인 동심주의이다. 박지은 작가는 일각에서 비판을 받아 온 동심주의에 대하여 새로운 관점을 열어 보였고, 그로써 동심주의에 대한 새로운 접근이 가능해지게 했다. 박지은이 생각하는 동심주의는 비평가의 비판을 받는 동심주의와는 달라, 동심주의 비판에 대해서도 "편협한 의식이 키워낸 부당한 산물"(박지은, 2009, 2)이라고 보았는데, 이런 비판 속에는 동심주의를 과거와는 다르게 보는 인식이 담겨져 있다.

> 동심주의란, 한 마디로 어린이의 절대 순수한 심성에서 인간의 최고 가치를 찾아내려는 문학적 표현 양상이다.(박지은, 2009, 2)

동심을 '문학적 표현 양상'으로 본 견해는 동심주의를 문학적 표현 방식으로 삼아 온 작가적 견해이다. 여기에는 동심주의를 동화의 속성으로서가 아니라 동심의 세계를 문학적으로 표현하는 방식으로 보는 인식이 담겨 있다. '동심'을 '어린이의 마음'이라고 물리적으로 해석하지 않고, '어린이처럼 순수한 마음에서' '인간의 최고 가치를 찾아내려는' 표현 방식으로 보았다는 뜻이다. 한때 어린이의 동심을 창작의 밑천으로 여기던 작가의식을 '동심천사주의'로 보았던 이오덕의 견해와는 다른 인식이다. 박지은 작가는 그런 동심의 세계를 구현해 보였다. 이렇게 동심과 동심주의의 지평을 새롭게 다지는 동화를 창조했으니, 이 또한 박지은 동화가 지니는 의의로 꼽을 수 있다.

(2) 언어의 순수미로 시적 동화 창조

동화 세계를 창조하면서 동화 언어의 순수미를 개척하고 심미적 언어의 동화 세계를 창조해 낸 점 또한 박지은 작가의 두드러진 업적이다. 박지은 작가의 심미적 언어는 동화 속에서 시를 읽는 듯한 느낌을 자아낸다. 시적 동화를 창조하여 동심의 아름다움을 한층 돋보이게 하는 역할을 해 주기도 한다.

혀끝을 간질이던 온갖 사탕과 황금벌꿀의 감칠맛보다도 할머니의 따뜻한 눈빛이 더 오래도록 떠오르는 것은 무엇 때문일까요?(「할머니의 다락방」, 92)

보릿잎 포롯포롯 종당새 종알종알 들풀들꽃이 바람에 가만가만 하늘거리는 봄이다.(「힘내라 토마스」, 122)

하늘은 티 없이 파랗고 거대한 수정접시같이 태양의 황금빛을 담뿍 받고 있었다. 그 속으로 토마스의 희망이 거침없이 날아갔다.(「힘내라 토마스」, 132)

은우 누나가 멀리 한 점 눈송이처럼 하얗게 웃습니다.(「기차와 만파식적」, 144)

할머니의 주름진 얼굴 가득 웃음해바라기가 필 것이다.(「자전거 도둑」, 155)

동화에 나타난 위와 같은 심미적 표현은 시적 세계인 듯 아름다운 동화 세계를 창조해 준다. "보릿잎 포롯포롯 종달새 종알종알" 소리가 나는 듯 들리는 감각적인 표현은 언어 자체의 아름다움에서 더 나아가 공부와 학원 생활로 지쳐 가는 어린이 독자의 마음을 어루만져 주기도 한다. 박지은 동화에 나타난 시적 언어는 때로는 주인공의 마음을 나타내기도 하고, 때로는 아름다운 세상을 보여 주기도 하면서 심미적 동화를 읽으며 독자가 동심의 세계에 한껏 고무되게 한다. 또 '수정 접시 같은 태양을 받으면 날아가는 토마스의 희망'을 실은 야구공을 떠올리게 하는 「힘내라 토마스」와 같은 작품에서는 자아와 세계의 통합을 상징적으로 나타내 꿈과 소망의 성취를 예감하는 뿌듯함을 선사해 주기도 한다. "보릿잎 포롯포롯 종달새 종알종알 들풀 들꽃이 바람에 가만가만 하늘거리는 봄"의 세상을 읽는 독자가 '할머니의 주름진 얼굴 가득 피어나는 웃음해바라기'를 보면서 "혀끝을 간질이던 온갖 사탕과 황금벌꿀의 감칠맛보다도 할머니의 따뜻한 눈빛이 더 오래도록 떠오르는" 통합의 세계를 경험할 수 있게 하는 시적 언어로 빚어낸 동화의 아름다움이 주는 효과이다.

인물의 이름도 시적인 동화 세계를 구현하는 데 기여하도록 창조되었다. '구름산 아저씨', '채송화 선생님', '트럼펫 아저씨'나 「세상의 평화는 아주 작은이에요」 '평화'라는 아이의 이름 등도 동화 언어의 아름다움을 한껏 드러내 준 성취이다. 추상 개념을 인물화 해낸 '진실이'라는 이름은 얼마나 현실적 개연성이 높은 이름인가. 그 '진실이'와 대비되는 '거짓이' 또한 그로 인해 이름의 미적 감성을 높여 준다. 또 작품 속에 시를 인용하기도 하고, 시를 직접 창작하여 동화 속에 포함시킴으로써 심미적 동화 언어의 지평을 열어 보인 점 또한 박지은 동화에서 보는 심미적 언어의 성취가 아닐 수 없다.

서술적 기법의 다양한 실험과 성취도 박지은 동화에서 볼 수 있다. 그의 동화에서는 다양한 서술자의 존재성을 볼 수 있다. 어른, 어린이,

현실적 존재, 비현실적 존재 등 다양한 존재가 서술자로 등장한다. 서술의 시점 또한 1인칭 서술자부터 3인칭 서술자까지 다양하게 활용된다. 박지은 동화의 서술 언어는 어린이에게 친근하게 다가갈 수 있게 쓰였다.

박지은의 이와 같은 성취는 그의 작가정신에서 비롯된 것이다.

> 동화작가는 작품 안에서 아이에게 주어질 모든 가능성의 인생을 읊어야 한다. 어린이독자들과 함께 삶의 슬픔과 기쁨, 절망과 희망, 괴로움과 즐거움, 어둠과 밝음을 공유해야 한다.(박지은, 2009, 24.)

석사학위 논문에서 밝힌 작가적 소신과 작가의식은 그의 작품 속에 파릇한 정신으로 살아 있다. 사실동화와 우의동화, 몽환동화와 환상동화의 세계를 넘나들며 보여 준 다양한 동심의 세계에는 어린이가 공감할 수 있는 슬픔, 절망, 괴로움 및 어둠의 세계가 나타나 있고, 동시에 그 세계를 극복하여 자아와 조화를 이루는 통합의 세계가 나타나 있다. 그래서 종국에는 기쁨, 희망, 즐거움 및 밝음의 세계로 어린 독자를 이끌어 가는 동화 세계를 열어 준다. 박지은 작가의 작가적 힘을 보여 주는 결실이다.

(3) 동화적 인물과 새로운 동심 구현

다양한 동화적 인물을 구현해 낸 점도 박지은 동화가 보인 의의라 하겠다. 박지은의 작품 속에는 다분히 '동화적 인물'이라 일컬을 수 있는 인물들이 등장한다. '동화적'이라는 말은 동화의 본질이나 속성을 잘 드러낸다는 뜻으로 쓰일 수 있기에, '동화적 인물'이란 동화의 본질과 속성에 부합하는 인물이다. 리얼리즘 소설에 '문제적 인물'이나 '중도적 인물'이 있다면 동화에는 '동화적 인물'이 나타난다. 이에 대해서는 더 깊은 탐구가 별도로 이루어져야 하겠지만, 박지은의 동화에서 보는 다양한 인물 가운데 '동화적 인물'의 전형을 볼 수 있다.

　박지은의 동화에서 보는 동화적 인물은 크게 두 가지 유형으로 나타난다. 첫째, 순수와 꿈을 잃지 않는 동화적 어린이다. 박지은 동화 속에는 성장기 어린이다운 꿈과 순수한 동심을 잃지 않은 어린이가 나타난다. 가난하여 감자 배급을 받으러 가는 길에도 낙심하지 않고, 감자를 받아 와 보니 돌아가시고 만 할아버지를 보며 슬퍼하면서도 '감자꽃'을 생각하는 '국화'(「감자꽃도 예쁘니까」)가 이에 해당한다. 주한 미군 흑인 병사를 아버지로 둔 '장 토마스'도 '혼혈아', '검둥이'라고 백안시하는 이웃의 시선을 이겨 내고 야구 선수로 활약하면서 힘차게 공을 날리며 '슬펐던 자신의 과거를 저 멀리 떨쳐 내는' 어린이(「힘내라 토마스」)로서 동화적 인물에 해당한다. 또 기차를 타고 싶은 작문 대회 1등으로 실현시키면서 꿈을 이루고, 또 꿈속에서 새로운 꿈의 세계를 열어 내는 '기훈이'(「기차와 만파식적」)도 동화적 인물로 창조되었다.

　결핍의 삶을 살아가는 어린이도 박지은이 창조한 동화적 어린이 가운데 하나이다. 풍요의 세기에도 여전히 결핍의 어린이는 존재한다. 이런 인물을 동화 작품이 간과할 수 없다. 굳이 '~주의'를 따질 일 없이, 빈곤과 결손, 상실과 아픔 등 결핍의 삶을 살아가는 어린이들이 주변에 존재하므로, 동화는 이들 어린이에 대하여 관심을 갖고 그 삶을 그려 내면서 어린이 독자의 마음을 울릴 수 있도록 하는 노력을 보이게 된다. 박지은 작가 또한 이들 어린이를 외면하지 않고 따습게 보듬되, 현실의 삶이 주는 결핍과 그 결핍이 주는 핍진함을 담담하게 보여 줌으로써 독자를 인식과 생각의 세계에 머물게 해 준다. 「감자꽃도 예쁘니까」의 '국화'를 비롯하여 '토마스'와 엄마 없이 동생을 보살피는 '지수' (「성모님의 선물」, 추위 속에서도 형제간의 우애와 용기를 잃지 않고 꿈을 키우는 두 형제(「북풍 할머니」)처럼 결핍의 삶을 힘차게 살아가고 있는 동화적 어린이가 결핍을 극복하며 꿈과 희망을 잃지 않도록 잔잔하게 다독여 주는 작가의 목소리는 어린이 독자에게 용기와 마음의 안정을 가져다준다.

할머니와 열두 살 누이동생과 함께 사는 가난한 '은중이'는 동화적 어린이의 전형성을 보이는 인물이다. 갖고 싶은 자전거를 사기 위해 신문 배달을 하며 꿈을 키우고, 그렇게 마련한 자전거를 도둑맞았을 때조차도 용기를 잃지 않고 도둑에게 꿈과 희망의 마음을 담은 편지를 써 보내서 도둑의 마음까지 변화시키는 '은중이'의 존재에서 동심을 지닌 동화적 어린이의 전형을 본다. 이런 어린이를 현실 속에서 보기는 쉽지 않지만, 그렇다고 해서 이들 인물에 대하여 어른의 기대나 관념으로 창조된 인물이라고 폄하한다면 그것은 '동화'라는 문학 갈래의 속성을 제대로 이해하지 못한 소치이다. '돈키호테'가 비현실적인 인물이라 해도, 그가 중세에서 근대로 넘어가면서 탄생된 소설적 인물이었듯이, 동화적 어린이 역시 동화라는 갈래의 속성을 보여 주는 전형성을 지닌 상징적 인물로 이해될 수 있다. 그 특성은 바로 세계와의 갈등을 넘어 통합을 보여 주는 어린이라는 점으로 나타난다.

박지은의 동화 속에 존재하는 동화적 인물의 또 한 유형은 동심을 지닌 어른이다. 박지은 동화에는 어른이 많이 등장한다. 「천 마리의 종이학」에 등장하는 '채송화 선생님'을 비롯하여 「꿈을 그리는 낙서판」의 '할아버지', 「별바라기 동동」에 등장하는 '트럼펫 아저씨'와, 「달빛 마을 우체국」의 '우체국 장님', 「외삼촌의 선물」에 나타난 '삼촌', 「할머니의 다락방」에 나오는 '할머니'와 「유리풍경」에 등장하는 '나', 「빨간 머플러」에 등장하다 '아빠' 등이 모두 어른이다. 그러면서도 이들 어른은 동심을 지닌 존재로서 어린이와 함께하며 마음으로 소통하고, 어린이에게 아름다운 꿈을 선사해 주는 인물로 그려진다.

이 가운데 「유리풍경」의 '나'는 작가 자신의 자전적 인물이라는 생각이 들게 하는 인물로서 동화적 어른의 전형으로 보인다. 가난한 동화작가로 등장하는 '나'는 이웃의 풍경 소리가 시끄럽다고 항의 엽서를 보낸 이가 가을바람 속에서 꽃을 피우는 '코스모스'라고 여기는 '선생님'이다. 동화에서나 존재 가능한 이런 인물들은 기실 전형적인 동화적 인물이기도 하다. 박지은의 동화에서는 이런 인물을 쉽게 만날 수 있어, 동화적 어른의 전형을 그려냈다는 평가를 받을 만하다.

박지은의 동화나 동화 속에 존재하는 동화적 인물이 어린이들에게 호응을 얻기 어려운 괴리감을 보여 주는 대목도 없지 않다. 어떤 이야기는 충분한 개연성을 가질 수 있으나 실제 어린이들의 삶과 거리가 있다는 지적을 받을 수도 있다. 가령 「외삼촌의 선물」에서 외삼촌이 "금방 데워 먹을 수 있도록 이미 조리된 대구, 새우, 조개 등 해산물들"을 쏟아 내 주는 장면은 피자와 치킨에 익숙해져 있는 어린이들에게는 어색하게 와 닿을지도 모른다. 그것이 서구화된 입맛에 아부하지 않는 작가적 소신으로 여겨져 흐뭇해 보이고, 어린이들을 위해 해산물을 사 올 수도 있다는 개연성을 지닌다 해도, 이와 같은 장면은 스토리 전개가 리얼리티를 획득하는 데에는 부족하다고 비판을 받을 수도 있다.

(4) 역사의식과 역사동화의 성취

박지은의 작가의식은 분명한 역사의식으로까지 나아간 성취를 보인다. 그것은 「날아다니는 얼룩이」나 「기차와 만파식적」, 「하얀 목마의 꿈」과 같은 작품에서 역사의 자취를 따라가는 작품 세계를 구현해 보인 데서 나타난다.

이들 작품에는 백제와 신라에서 조선 고종 황제 시대에 이르기까지의 역사적 배경을 되살린 이야기가 나타난다. 「달려라! 다몬」, 「동물회의」와 같은 동화에서는 색다른 역사의식도 볼 수 있다. 작가가 밝힌 바와 같이 「달려라! 다몬」은 '그리스 전설 「다몬과 핀티아스(Die Bürgschaft」, 실러의 시 「인질」, 베네트의 도덕이야기 「다몬과 피시아스」, 오사무의 소설 「메로스」를 동화로 다시 쓴' 작품이다. 「동물회의」는 안국선의 「금수회의록」을 동화로 다시 썼다고 작가는 밝혀 놓았다(박지은, 2010, 414). 과거를 어린이 독자를 위해 현재의 언어로 풀어 내 역사를 다시 조명했다.

이 가운데 「달려라! 다몬」은 세계 여러 나라에 존재하고 있는 이야기를 우리 어린이들을 위하여 박지은만의 언어 감각으로 재창작해 냈다는 점에서 독자성을 지닌다. 이야기를 들려주는 기법에서 특별한 우의적 기법이나 몽환적 기법이 사용되지 않고 현실의 법칙을 따라 이야기가 전개된다는 점에서 크게는 현실동화의 하위 범주에 들어갈 수 있지만, 역사를 소재로 하였다는 점에서 역사동화라 칭해질 만하다. 『단종애사』나 『대수양』, 『동의보감』 등이 소설 가운데 역사소설로 분류되듯이, 이와 같은 동화 역시 역사동화라는 하위 범주로 분류될 수 있다. 어린이 역사동화는 아직 많이 나와 있지 않으나, 『아, 호동왕자』(강숙인)와 같이 재미있는 작품이 앞으로 더 많이 나오리라 전망된다. 그런 점에서 잘 알려진 옛이야기나 『금수회의록』과 같은 작품에서 소재를 얻어 이야기를 풀어낸 「달려라! 다몬」 및 「동물회의」와 같은 박지은의 역사동화는 동화의 새 경지를 열어 준다.

「동물회의」는 이미 어린이를 위하여 출간되어 있는 2종의 『금수회의록』보다 더 높은 재창작의 성취를 보인다. 원작의 언어와 의미를 최대한 살리면서 이야기를 들려주는 서술자의 존재성이 어린이에게 더 확실하게 이해되도록 이야기가 전개되고 있다. 기존의 원작이 길어서 부담스럽고, 어린이가 이해하기 어려운 언어로 되어 있어 가독성이 낮은 데 비해, 박지은의 「동물회의」는 어린이들이 읽을 수 있도록 쓰였다는 점에서 의미가 있고, 시중에 나와 있는 어린이 『금수회의록』들보다 더 친근하게 다가갈 수 있는 언어로 재창작되었다는 점에서 단연 돋보인다.

박지은의 역사의식은 여기에서 더 나아가 '몽유도원도'의 세계나 '인간의 역사'에까지 이르고 있다. '고정일의 『몽유도원도』를 동화로 다시 썼다'(박지은, 2010, 363)고 밝힌 「몽유도원도」는 어린이들의 눈높이에 맞추어 재창작된 작품이다. 최인호의 역사소설로도 나와 있는 작품이 어린이를 위하여 창작되었다는 점에서 의의가 있다. 박지은 작가의 역사동화는 '미하일 일린의 『인간의 역사』를 동화로 다시 썼다'(박지은, 2010, 427)고 밝힌 「지구와 사람의 역사」로까지 나아간다. 이는 지식서사에 해당하는 작품이지만 어린이의 눈높이에 맞추어져 있다는 점에서 새롭다. 1940년에 소련의 작가가 탄생시킨 방대한 저술 『인간의 역사』를 '윤선이'와 '준선이'가 등장하는 이야기 「지구와 사람의 역사」로 탈바꿈시킨 작가적 역량이 돋보인다.

현재 우리 역사동화는 작품이 많지도 않고 수준이 높은 작품을 찾아보기도 어려운 초창기의 형태를 보이지만, 앞으로 역량 있는 작가의 수작이 기대되는 부분이다. 그렇기에 앞선 걸음으로 역사동화를 창조했던 박지은의 노력은 이청준 선생이 말년에 판소리 소설을 동화로 재창작한 것과 같은 평가를 받을 수 있다. 『놀부는 선생이 많다』, 『심청이는 빽이 든든하다』, 『춘향이를 누가 말려』 등 판소리 소설인 '흥부전', '심청전', '춘향전', '옹고집전' 등을 이청준 작가 고유의 숨결로 살려서 다시 쓴 작품과 같이 박지은의 역사동화에도 박지은 작가만의 고유한 숨결과 아우라(Aura)가 살아 있다. 같은 스토리라 할지라도 어떤 이야기 기법으로 들려주는가에 따라 감상이 달라진다는 점에서 우리 역사나 고전 작품을 어린이 독자에게 적합한 언어로 다시 창작해 내는 작업은 의미 있고 중요한 창작에 해당한다.

Ⅳ. 한국 동화의 전망

박지은 작가는 아름답고 다채로운 동화 세계를 창조해 주었다. 그의 작품은 특정한 경향에 쏠리지 않았고, 거부감을 불러일으키는 특정 주의에도 경도되지 않는다. 어린이를 티 없이 순수하기만 한 영혼으로 찬미하는 '동심천사주의'나 충분한 준비도 없는 어린이에게 무턱대로 현실의 모진 문제 앞에 서라고 강요하는 '현실주의' 동화의 지나친 경향성도 박지은의 작품에서는 찾아보기 어렵다. 습작기의 작품에서 보이는 완성도의 차이가 나타날지언정, 작가관이나 동화관의 미성숙에서 오는 무리함도 나타나지 않는다.

> 박지은의 동화 세계는 이 세상을 보다 아름다운 곳으로 만들고. 그곳에서 행복하고 훌륭한 사람으로 살기 위해서는 어렵고 힘들지만 해야만 하는 일들이 있다는 것을 우화적으로 제시하는 데만 그치지 않는다. 더 나아가 삶이란 희생적인 고난의 문제들을 이겨내야만 하는 과정임을 역동적으로 그려내어 우리에게 삶의 희망을 보여 주고 있는 것이다.

이 앞선 평가가 보여주듯이 박지은의 동화는 성숙된 동화관의 경지를 보여 주는 작품의 창조를 이루었다. 박지은의 동화집에 수록된 39편의 동화를 읽고 나면, '동화'가 무엇인지 몰랐던 사람도 동화가 어떤 본질적 속성을 가진 문학 갈래인지를 볼 수 있게 된다. 습작기부터 등단을 거쳐 타계하기 직전까지 창작한 작품들로 동화의 본질을 보여 주는 다양한 기법과 특성 및 동화만이 열어 보일 수 있는 다채로운 이야기 세계를 보여 주기 때문이다. 그것은 자아와 세계가 둘 사이의 대결을 넘어서서 통합의 세계를 추구하고자 하는 데서 형성되는 문학 세계이다.

아울러 박지은 작가는 4편의 역사동화를 창작함으로써 아직까지 동화 세계에서는 불모지에 가까운 역사동화에까지 관심의 영역을 넓히는 선구적 역량을 보이기도 했다. 앞으로 역사동화의 왕성한 출간이 기대되는 가운데 4편의 역사동화를 창조해 낸 업적 또한 박지은 동화의 성취 가운데 하나로 꼽힌다. 이 성취는 지적 의욕이 높아져 가는 현대의 어린이에게 역사적인 서사의 경험까지 제공하게 되리라고 본다.

한편 박지은의 동화를 분석하고 평가하기 위한 기반으로 탐색한 동화의 본질은 작품이 보여 주는 자아와 세계의 통합으로 논의되었다. 문학은 기본적으로 자아와 세계의 관계에 따라 갈래별 특성을 보이는데, 동화는 작품 내적 자아로서 주인공과 주인공이 살아가는 세계와의 통합을 보여 주는 작은 갈래로 특성화된다. 이것은 자아와 세계의 대결을 보여 주는 소설과는 다른 특성이다. 동화와 소설이 모두 자아와 세계의 관계를 다루되, 소설이 대결 양상을 중심으로 이야기를 전개하면서 명료한 현실 인식에 이르게 하는 반면에 동화는 둘 사이의 통합을 보여 줌으로써 어린이 독자에게 꿈과 희망을 심어 주고자 한다는 점에서 소설과 차별화된다. 더욱이 각박한 삶을 살아가고 있는 현대의 어린이에게 자아와 세계의 통합이 보여 주는 꿈과 소망의 세계가 마음을 맑게 해 줄 산소와 같은 역할을 할 수 있다는 점에서 동화 세계의 통합은 적극 장려되어야 한다. 그래서 소설의 세계로 넘어가기 이전의 어린이들에게 동화의 통합이 주는 마음의 안정을 경험하게 하고, 지친 삶으로부터의 위안을 얻을 수 있도록 해야 동화가 동화다워진다.

한편 자아와 세계의 정체성 및 통합을 이루는 방식에 따라 동화는 사실동화, 몽환동화, 우의동화, 환상동화로 나뉜다. 자아와 세계가 현실적인가 비현실적인가를 중심으로 삼고, 자아와 세계가 보여 주는 통합의 방식이 현실 법칙에 따른 것인가, 비현실적인 것인가에 따라 동화는 네 가지 유형으로 구분된다. 이런 유형 분류는 동화의 특성에 기반을 두면서 어린이 독자의 수용을 고려한 것이기도 하다. 실제로 동화의 독자는 소설을 읽을 때와는 다른 마음으로 이야기 세계에 몰입하게 된다. 동화를 읽을 때에는 소설과는 다른 방식으로 소통한다는 뜻이다. 동화는 나름대로의 방식으로 독자와 소통하고, 어린이들의 문학적 경험을 확장하고 심화하면서 독자가 자신의 삶을 풍요롭게 창조할 수 있도록 해 준다. 이런 점에서 네 가지 유형의 동화를 고루 창작해 내면서 동화의 독자와 소통을 시도했던 박지은의 노력은 주목할 만하다.

서구 동화가 펄펄 뛰어 가고 있다면, 한국 동화는 아직 걸음마 단계로 보인다. 여전히 미욱한 동화의 발전을 위하여 한국 동화의 이론 또한 다져져야 한다. 동화의 본질을 탐색하고, 다양한 동화의 유형을 분류해 내면서 동화 세계의 가능성을 확장하는 학문적 과제가 무겁다. 이를 바탕으로 한국 동화의 다양한 실험과 모색이 가능해질 수 있다는 점에서 한국 동화의 이론 구축은 시급한 과제이기도 하다. 이런 연구가 가능해진다면, 한국의 동화는 박지은의 작품에서 보는 성취를 넘어서는 작품을 더 많이 볼 수 있으리라 기대할 수 있다. 여전히 수작으로 평가할 만한 동화가 그다지 많지 않은 현실에서 여전히 독자는 다양한 동심의 세계를 풍요롭게 풀어 낼 동화를 기대하고 있다.

앞으로의 어린이문학계에서는 동화의 본질을 더 깊이 있게 이론화해야 하고, 그 세부 유형을 체계를 갖추어 구분하는 과제에 집중해야 하리라고 본다. 현재까지 동화는 크게 사실동화와 환상동화로 구분되기도 하는데, 과연 동화의 유형 분류가 이에 그칠 수 있는가, 소년소설이라 일컫는 작품들의 정체성은 무엇인가 등을 깊이 있는 탐색으로 밝혀내야 한다. 동화의 유형 분류는 분류를 위한 분류여서는 곤란하고, 동화의 이론을 체계화하기 위한 것으로 접근되어야 한다는 점에서 다른 접근법도 가능하기에 차후에 심도 있는 논의를 전개해야 할 과제로 남긴다. 더불어 동화와 소설의 공통점이나 차이점 및 그 관계에 대해서도 더 깊이 있는 연구와 논의가 요청되기에 후속 연구를 기대한다.

참고문헌

1. 기본자료

박지은, 『사랑의 선물』, 동서문화사, 2010.

2. 단행본 및 논문

권택영·최동호, 『문학비평용어사전』, 새문사, 1985.

박지은, 「동심주의 문학 연구–첨부작품을 중심으로」, 중앙대학교 예
　　　술대학원 석사 학위논문, 2009.

신헌재·권혁준·곽춘옥, 『아동문학과 교육』, 박이정, 2007.

이태동, 「동화작가 박지은론」, 『박지은 창작동화집 사랑의 선물』, 동서
　　　문화사.

조동일, 『한국소설의 이론』, 지식산업사, 1981.

조동일, 『한국문학의 갈래 이론』, 집문당, 1992.

한명숙, 『한국전래동화의 판타지 구현 방식과 그 지도 방안』, 최운식
　　　외, 『설화·고소설교육론』, 민속원, 2002.

한명숙, 『이야기문학교육론』, 박이정, 2007.

한명숙, 「동화의 서술자와 문학교육」, 한국국어교육 학회, 『새국어교
　　　육』제76호, 2007.

한명숙, 「어린이 독서물의 변화와 문학교육」, 계룡국문교육학회, 『계룡
　　　국문교육』 7·8집, 2007.

한명숙, 「어린이 역사전기 도서와 지식 서사의 창조」, 한국서사학회
　　　2010 가을 학술대회 자료집, 한국서사학회, 2010.

황정현·우미라, 『아동문학교육론』, 박이정, 2007.

에이브럼즈(Abrams. M. H.), 최상규 역, 『문학용어사전』, 예림기획,
　　　1997.

Rosenblatt, L. M., Retrospect. In E. J. Farrell, & J. R. Squire(Eds), *Transactions with literature*. IL: NCTE, 1990.

Rosenblatt, L. M., *The literary transaction: Evocation and response*. In K. E. Holland, R. A. Hungerford, & S. B. Ernst(1993)(Eds.), Journeying : Children responding to literature. NH : Heinemann, 1993.

Rosenblat, L. M., *The reader, the text, the poem* : The transactional theory of the literary work. Southern Illinois University Press, 1994.

A Study on 4 Patterns of Children's Fiction
and The Park Ji-eun's Works

Han, Myoung-Sook

(Gonju National University of Education)

《Abstract》

The purposes of this study are to research the essence of children's fiction and to show the values of Park Ji-eun' works. So, I have analyzed the special quality of children's fiction. It is that to show the harmony of the character and his surrounding. And I have discovered the values of Park Ji-eun's works. Park Ji-eun(1970~2010) is one of the author that to creative children's innocence in his works. She has created 39 children's fictions. Her works can be classified 4 styles. They are realistic stories, allegorical stories, visional stories and phantasy stories. The 4 styles of the stories are the 4 patterns of children's fiction.

Keywords: children's fiction, Park Ji-eun' works, the harmony of children's fiction

논문투고일 : 2010년 10월 31일

심사완료일 : 2010년 12월 14일

게재확정일 : 2010년 12월 17일

첫돌

초등학교 1학년 운동회 마치고 작은언니와

6살 때 작은언니와

공주사대부고 1학년 시절

어머니와 즐거운 한때

고등학생 때 외출하는 어머니와 시골집 울타리에서

어머니와 함께

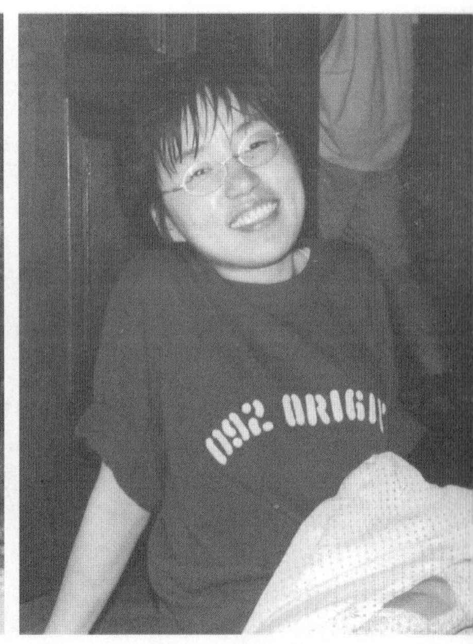

나 혼자만의 방에서

고등학생 때 고향집 뒤란에서

한양대 시절

2000년 롯데월드에서 아버지 어머니와

2001년 강화도 온가족여행(어머니 생신)

2002년 가족들과 무창포 해수욕장 여행

2003년 아버지와 야유회

2003년 큰언니와 야유회

첫돌 지난 조카와 고향집 마당에서

2003년 서울대공원

2005년 남이섬에서

한양대병원 근무시절

아동문예상수상 시상식

수상소감을 발표하고

중앙대학교 대학원
석사학위 수여식장에서
어머니 큰언니 작은언니
조카들 윤선이 준선이

박지은 약력

1970년 1월 23일	충남 공주군 탄천면 송학리에서 태어나다
1983년 2월	탄천초등학교 졸업
1986년 2월	탄천중학교 졸업
1989년 2월	공주사대부속고등학교 수학
1991년 2월	한양여자대학 영어과 졸업
1993년 2월	세종대학교 영어영문학과 졸업
1994년 2월	한양대학교병원 청력실에서 5년간 근무
2004년 2월	동서문화사 편집부에 편집사원으로 입사
2005년 12월	동서편집인상 수상
2007년 2월	「아동문예」에 동화 「날아다니는 얼룩이」 아동문예상 수상, 「가톨릭소년」 등에 「두물머리 풀꽃밭」 「성모님의 선물」 「바다와 하얀 아기용」 「게으름뱅이 나라」 발표
2007년 10월	동서문화사 편집부 문예팀장
2008년 6월	일본 도쿄국제도서전 참가
2009년 8월	중앙대학교 예술대학원 문학예술학과를 졸업하여 문학석사학위 수여
2009년 10월	동서문화사 편집부장 지은책 창작동화집 「사랑의 선물」 「옛날 옛적에」 「최승희 평전·조선의 나래」 「삼국유사 이야기」 「한국동화집」 「영국동화집」 「프랑스동화집」 「독일동화집」 「러시아동화집」 「미국동화집」 「인도동화집」 「중국동화집」 「일본동화집」 「유럽동화집」
2010년 1월	동서문화사 『박지은동화상』 제정

샛별서정시집

엄마를 부탁해요

박지은 지음

1판 1쇄 발행/2011년 10월 7일

발행인 고정일

발행처 동서문화사

창업 1956. 12. 12. 등록 16-3799

서울강남구신사동563-10 ☎ 546-0331~6 (FAX) 545-0331

www.epascal.co.kr

잘못 만들어진 책은 바꾸어 드립니다.

*

사업자등록번호 211-87-75330
ISBN 978-89-497-0723-5   03810